修道女フィデルマの采配《さいはい》

ピーター・トレメイン

法廷弁護士にして裁判官の資格を持つ修道女フィデルマが、アイルランドの各地を巡り難事件を解決する。修道士が占星術で自らの死を予言して死んだが、犯人と名指しされたのは修道院長だった事件「みずからの殺害を予言した占星術師」。ダロウの修道院で客人に供する魚料理が消え、料理長が死体で発見された。犯人は外部の人間か、内部の者の犯行か？「魚泥棒は誰だ」。小王国の族長の跡継ぎを選ぶための会合で、有力な候補者が死亡、どうやら毒を盛られたらしい。犯人を推理する「法定推定相続人」など５編を収録。日本オリジナル短編集第５弾。

登場人物

フィデルマ……七世紀アイルランドのドーリィー〔法廷弁護士〕

みずからの殺害を予言した占星術師

ゴルモーン……ブレホン〔裁判官〕

リーゴーン……フォタの修道院長

カース……同、修道院執事

クリン……同、修道士、薬師《くすし》

オーラング……修道士、薬師助手

イアールグ、ブルガッハ、セナッハ、ダバーン……同、修道士

ペトローン……同、修道士、薬草園係

ファーハル……モアン王コルグーの親衛隊員

魚泥棒は誰だ

ラズローン……ダロウの修道院長
リルチ……同、修道士、料理長
ディアン……同、修道士、副料理長
ゲウス、マンホーン、
トロブ、エンダ、ケット……同、修道士、厨房係
サルヴィアン……尊者《ヴェネラブル》。ローマからの特使

養い親

シュペーラン……老ブレホン
コラブ……シュペーランの書記、修道士
フェホー……鍛冶屋
エンダ……フェホーの息子
コーラ……車大工。エンダの養い親
ドゥブレムナ……コーラの女房

ウーナ、ファイフ……………コーラとドゥブレムナの娘
マイン……………………コーラとドゥブレムナの息子
タサッハ…………………フェホーの従弟《いとこ》。薬師
ニアル……………………薬師
メル………………………コーラの隣人

「狼だ！」
ディームサッハ…………クロマの長《おさ》
コンリー…………………オー・フィジェンティの小王
コーラ……………………記録係、修道士
ファラッハ………………ディームサッハの騎士団の団長
フェブラット……………農夫
カラ………………………フェブラットの妻
ドン・ディージ…………カラの母
ファラマンド……………フェブラットの隣人

法定推定相続人

デクラン……………………ブレホン
クーアン……………………イー・リアハーンの族長
ベラッハ……………………クーアンの妻
オーガイラ…………………クーアンとベラッハの息子
タラムナッハ………………クーアンの甥
セルバッハ…………………クーアンの弟
ムイレコーン………………老従者

修道女フィデルマの采配《さいはい》

——修道女フィデルマ短編集——

ピーター・トレメイン
田 村 美 佐 子 訳

創元推理文庫

THE HEIR-APPARENT
AND OTHER STORIES
FROM WHISPERS OF THE DEAD

by

Peter Tremayne

目次

みずからの殺害を予言した占星術師　三
魚泥棒は誰だ　五五
養い親　九三
「狼だ！」　一三九
法定推定相続人　一八五
訳註　二三九
解説　石井千湖　二四六

ゴシック文字はアイルランド（ゲール）語を、行間の（　）内の数字は巻末訳註番号を示す。

聖書の引用は、原則として『舊新約聖書・文語譯』（日本聖書協会）に拠る。

修道女フィデルマの采配《さいはい》

みずからの殺害を予言した占星術師

The Astrologer Who Predicted His Own Murder

「司教殿が、リーゴーン修道院長の弁護人としてそのほうをよこした理由はじゅうぶん承知の上だ、修道女殿。しかしご覧のとおり、これはまったくもって単純明快な事件だ。修道院長がブラザー・オーラングを殺害したことは火を見るよりも明らかなのでな」

ブレホン[1]〔裁判官〕のゴルモーンは長身の、浅黒い肌をした男だった。テーブルの奥の椅子に腰をおろしたまま、見くだすような目つきでシスター・フィデルマ[2]に視線を向ける。その尊大な態度にフィデルマは苛立ちをおぼえた。ここは修道院執事を務めるブラザー・カースの執務室であり、その本人はといえば、隅のほうで不安げに佇《たたず》んでいる。

「目撃者はいなかったと聞いています。なのになぜ、修道院長が犯人であるのは火を見るよりも明らかだとおっしゃるのです?」フィデルマは、ブレホンが先ほど口にした言葉をそのまま用い、冷ややかな声で訊《たず》ねた。

ブレホンの線の細い顔に浮かんでいた笑みがさらにひろがった。それを見て、フィデルマの首筋に思わずひやりとしたものが走った。獲物に喰らいつかんとする鮫《さめ》さながらの、暑苦しい笑みだった。

「わが国の法律のもとで、その男が死の前に口にした言葉が、事実として認められたのだ」理解の遅い子どもに嚙み砕いて教えてやる教師よろしく、ブレホンがいった。

「おっしゃっている意味がわかりませんが」

「被害者は死ぬ前に、みずからの命を奪う犯人として、修道院長を名指ししていたのだよ」

穏やかにいいわたされ、シスター・フィデルマは思わず呆然として黙りこんだ。

キャシェル(3)の司教の執務室に呼ばれ、ドーリィー(4)、すなわち法廷弁護士として、フォタ修道院のリーゴーン修道院長の弁護を引き受けてくれないかと打診されたのは、つい今朝がたのことだった。フォタはキャシェルにほど近い、湖に浮かぶ島にある修道院だが、そこの院長が、みずからの修道院に仕える修道士のひとりを殺害したとして告発されたのだ。審理はブレホンのゴルモーンが司《つかさど》ることとなったが、彼がいささか聖職者を毛嫌いしているとあって、キャシェルの司教は院長の身を案じていた。件《くだん》の院長は誰に訊ねても、思いやり深く気前のよい人物と評判で、その働きぶりは、修道士たちの中でも飛び抜けて優れていたからだ。だがいっぽうで、彼はローマ・カトリックの教義の厳格なる支持者としても知られており、多くの聖職者たちと対立していた。

フォタ修道院は、革職人として働く修道士たちと、学者として探究をおこなう数名の修道士たちによるちいさな集団で、生活は自給自足だった。フィデルマは慣習に則り、浮かぬ顔をした修道院執事ブラザー・カースに対してまず名乗り、それから彼を通して、執事室にどっかりと腰をおろしたブレホンのゴルモーンに引き合わされた。そして今、事件に関する事実を洗いざらい説明してほしいと要求したばかりだ。

ブレホンの話によれば、事実はいたって単純明快だった。この修道院の一員であるオーラング修道士が、湖のほとりにある木の桟橋の下で、遺体で発見された。溺死であることは明らかだったが、頭部には痣《あざ》と切り傷があった。当修道院の薬師《くすし》であるブラザー・クリンが、彼の死には不審な点があると指摘した。ブラザー・オーラングは別段年寄りだったわけではない。痣の形状から見て、額を殴打され湖に落とされて溺死したのではないか、と。

そこでブラザー・ゴルモーンに声がかかった。取り調べがおこなわれたのち、リーゴーン修道院長が勾留され、正式な裁判が待たれることとなった。

フィデルマは腰をおろしたまま、驚きの表情でブレホンのゴルモーンをしばし見つめた。

「これまで伺ったところでは、ブラザー・オーラングは湖で発見されたときには亡くなっていたということですね？　違いますか？　にもかかわらず、みずからを殺害した人物として修道院長の名をあげることができた、とおっしゃるのですか。いかにすればそのような奇跡が起こり得るのです？」

「発見されたときには間違いなく死んでいた」ブレホンは認めた。

「でしたら、その謎かけの答えをお教えくださらないと」

「いたって単純なことだ。ブラザー・オーラングは一週間ほど前、まさにその日に自分は殺される、そして犯人は修道院長である、とほかの修道士たちに話しているのだ」

フィデルマは、言葉も出ないという、普段ならばめったに出合わない状況に陥った。やがて困惑したようにかぶりを振ると、胸の内でしだいに形をなしてきた棘《とげ》が口調にあらわれぬよう、慎重に言葉を選んだ。

「それが証拠だとおっしゃるのですか？　彼が、自分は修道院長に殺されると予言していた、と？」

ブレホンのゴルモーンの笑みがますます冷たさを帯びた。

「ブラザー・オーラングは、みずからの死の状況まで寸分違《たが》わず予言していた」

「いますこし正確に説明していただけますか、ブレホンのゴルモーン」フィデルマはいった。

「ブラザー・オーラングは予言者だったのですか？」

「そのようだ。ブラザー・オーラング自身の手で記された告発と予言が遺されている」

シスター・フィデルマは姿勢を正し、膝の上で両手を組んだ。

「私はご説明をひとことたりとも聞き逃すまいとしております」彼女は静かにいった。「余計な憶測に気を取られたくはございませんので、とにかく事実を聞かせてください」

「リーゴーン修道院長とブラザー・オーラングは不仲だった」ブレホンは答えた。「ふたりが口論していたのを複数の者が目撃している。原因は、ブラザー・オーラングのとある信条と行動とに、院長が賛同していなかったからだという話だが……」

　フィデルマは戸惑いを拭いきれず、眉をひそめた。

「行動？　それはどういったものだったのです？」

「ブラザー・オーラングは当修道院の薬師助手であり、星々の織りなす形から推論を導き出すことに長《た》けていた」

「医師が手腕を振るうさい、医学と占星術が表裏一体のものとして用いられることは確かに少なくありません」フィデルマも認めざるを得なかった。「占星術はアイルランド五王国⑤にも広く行きわたっています。院長は、なぜそこまで占星術を目の敵にしておいでだったのです？」

　フィデルマ自身にも、天宮図とその判読についてキャシェルのブラザー・コンクホルのもとで学んだ経験があり、かつてはその老占星術師から、あなた様ならば重大な兆《きざ》しを星々から読み取ることのできる優れた占星術師になれるやもしれませぬ、と太鼓判を押されたこともあった。とはいえ、彼女とて占星術師たちを手放しで信頼しているというわけではなかった。占星術とは科学であり、それぞれの術師の能力に頼るところが大きいと考えていたからだ。だが、聡明な占星術師たちには学ぶところも多いとは認めていた。**ネムナハト**〔文学〕は、アイルランドの民の間に古代より伝わるわざであり、金銭的に余裕さえあれば、自分の子が誕生したさいに、**ネミンディーヴ**〔天宮図、ホロスコープ〕と呼ばれる、その瞬間の星図を手に入れる者も多かった。

これよりもさらに古い、キリスト教伝来以前にドゥルイド(6)が用いていた占星術はすでになりをひそめていた。ギリシア人やローマ人によって新しい信仰(キリスト教)がもたらされたさい、彼らがおこなっていた、バビロニアに起源を持つ新たな形の占星術もまた渡ってきたからだ。

「院長は占星術をお認めにならなかったのです、修道女殿」ここまでのやりとりの間、じっと黙って立っていた修道院執事のブラザー・カースが口を挟んだ。「院長は、占星術を用いるブラザー・オーラングを嫌っておられた。占星術を咎《とが》める聖書の文句を朗読され、それをご自身の教えとなさっていらしたのです。院長はこの修道院でかのわざが実践されることを禁じようとなさっていました」

フィデルマは穏やかな笑みを浮かべた。

「禁じられれば禁じられるほど逆効果となるものです。こういう場合、かつての私たちはいますこし寛容だったのでは? レールトイル〔占星術師〕のわざは、私たちの祖先が初めて夜空を見あげた、まさにそのときから始まったものです。それらはすでに私たちの暮らしの一部であり、たとえ新しい信仰を受け入れた者であっても、神が、愚者を従わせ賢者を導くものとして夜空に星々をちりばめたという事実を拒みはしないでしょう」

静寂が漂い、やがてブラザー・カースがふたたび口をひらいた。

「ですがこの件に関してオーラングと院長の間に不和があったことは事実です」

「一週間以上前のことだが」ブレホンが話しだした。「ブラザー・オーラングは修道院長との不和を気に病むあまり、ホラリー・チャート(7)と呼ばれる天宮図を用い、院長が自分に危害を加える可能性があるかどうかを占っていたそうだ。修道士たちがそう話しており、法廷でもそのとおりに証言するつもりだといっている。彼がそのようなことをしたのは、彼の信ずるものに対する院長の言葉が日を追うごとに暴力的になっていったからだと」

フィデルマは口を挟むことはせず、ブレホンの話の続きを待った。

「天宮図を描いた時点で、その週のうちに自分は死ぬ、とオーラングは数人の修道士仲間に話していた。自分は院長に対して無力であり、いずれ院長の手にかかって溺死あるいは毒殺により命を奪われることとなる、そう天宮図に示されているのだ、と」

ブレホンのゴルモーンは姿勢を正し、勝ち誇ったように笑みを浮かべた。

フィデルマは彼に疑いのまなざしを向けた。

「あなたはそれを信じておいでなのですね」

「わたしは天宮図をこの目で見た。占星術に関しては聞きかじった程度だが、予言が正しかったのはわたしの目にも明白だった。ブラザー・オーラングが死ぬ前にこのことを話していたという同僚たちの証言と併《あわ》せて、これも証拠として認めるつもりだ」

フィデルマはしばし無言で、そのことについて考えを巡らせた。やがてブラザー・カースを振り向いた。

「誰かに、キャシェルへことづてを運んでいただくことはできますか？」

ブラザー・カースがブレホンを見やり、見られたほうは眉をひそめた。

「どういった目的でかね、シスター・フィデルマ？」

「その天宮図は修道院長の有罪を示すなによりの証拠なのですから、私としては、キャシェルに遣いを送り、正確な判読がなされているかどうかの鑑定を専門家に依頼したいと思います」

「専門家の鑑定だと？」

「占星術を多少なりとも嗜《たしな》んでおいでなら、キャシェルの占星術師、ブラザー・コンクホルの名を耳にしたことくらいは当然おありでは？　キャシェルが生んだ最も偉大なる占星術師、モー・クーロック・マク・ネ・セーモンのもとで学ばれたかたです」

ブレホンの眉間の皺《しわ》がますます深くなった。

「むろんコンクホルの名なら聞いたことがある。だが万事が明らかな今、わざわざ彼の手を煩わせる必要があるかね？」

「公平を期するためですわ」フィデルマは笑みを浮かべたが、目は笑っていなかった。「私どもは、修道院長にできるかぎりの弁護を提供せねばなりません。その中には、彼を告発する証拠について専門家にあたることも含まれています。占星術については聞きかじった程度だ、とあなたはお認めになりました。私自身もこのことに関しては大まかな知識しかございませんので、ここはほんものの専門家にお願いするのが筋というものでしょう」

ブレホンは彼女の表情を注意深く観察した。冗談でいっているのだろうか、という思いがふとよぎった。やがて彼はブラザー・カースをちらりと見やり、軽く頷いた。

「ブラザー・コンクホルに遣いを送るとよい」

シスター・フィデルマは感謝のしるしにかすかな笑みを浮かべた。

「そしてこの天宮図をじっさいに証拠として用いるのでしたら」ブラザー・カースが務めを果たすべく出ていくと、彼女は続けた。「それが、描かれたとされている日時に間違いなくオーラング本人の手で作成されたものだと立証していただかねばなりません。天宮図とそこに示された結果について彼と話をしたという修道士たちに対する訊問も必要です。それから、私も占星術に関しては多少ながら知識がありますので、件の天宮図を私自身の目で確かめたく存じます」

ブレホンのゴルモーンは片眉をあげた。

「わたしの判断を信用していないというように聞こえるが?」彼の声が剣呑《けんのん》な響きを帯びた。

「あなたはブレホンです」フィデルマは穏やかに答えた。「あなたが判事として法廷に着席し、ドーリイーとして依頼人の弁護を務める私の提示するすべての証拠と答弁をお聞きになったのちに判決をくだされたあかつきには、その判決に対するしかるべき敬意を求める権利があなたにはおありですし、私もまたそれに従いましょう。ですがそれまでは、あなたはいかなる判決もおくだしになっていないと考えておきます。万が一にもそうでないとすれば、それは法に反する行為ですから」

表情からはなにも読み取れなかったが、見返してくる緑の瞳にちらちらと怒りの炎が燃えているのを、ブレホンは見て取った。

彼は頰を紅潮させた。

「わたしは……むろん、まだ判決をくだしたわけではない。そのほうに対し、この天宮図は重要な証拠と認められることを指摘したまでだ。それだけではない、天宮図にあらわれた結果についてブラザー・オーラングと話をしたという、申しぶんのない証人が存在するという点もだ。天宮図と証人は法廷にて確認されるがよい」

「今、天宮図はこの場にお持ちですか?」

「あるとも、しかもそこには、〝この天宮図の作成日時とそれに対する解釈は、第三者の立ち会いのもと、ブラザー・オーラング本人の手によって書かれたものである〟という証文が記されている」

「ではその天宮図を見せてください」フィデルマは求めた。

ブレホンのゴルモーンは箱から上質皮紙《ヴエラム》を出すと、彼女との間にあるテーブルの上にひろげた。

「こちらの隅に日時と、オーラングの署名がある。さらにブラザー・イアールグが立会人として署名をし、同日の日付を添えている」

「そのブラザー・イアールグという人物に証言させることは可能ですか?」

「むろんだ、ほかにブラザー・ブルガッハ、ブラザー・セナッハ、ブラザー・ダバーンの各人がオーラングの予言を聞いている。この天宮図がいつ書かれたものなのか、オーラングからその話を聞かされたのはいつのことか、このうちの誰に訊ねても同じ答えが返ってくるだろう」

フィデルマは不審な表情で唇をすぼめた。

「今ここで申し立てられている、修道院長による殺人がおこなわれたとされる日について、被害者を含めた五人もの修道士が前もって知らされておきながら、起こるであろうその事件に備えてブラザー・オーラングを保護しようとした者が誰ひとりいなかったとは、なんとも奇妙な気がいたしますが」

ブレホンのゴルモーンは深刻な顔つきでかぶりを振った。

「運命には誰も逆らえぬ。来《きた》るべき運命に猶予などないのだ」

「それはローマからもたらされた概念です」フィデルマは一蹴した。「わが国の賢者たちはこういっています。〝われわれの限界を超えたもの、それを運命と呼ぶ〟と。運命というのは、私どもが行動しようがしまいが変わらない、などというものではありません。なにもせず手をこまぬいていればそうなるのかもしれませんが」

ブレホンのゴルモーンはフィデルマを睨みつけたが、彼女のほうは気にもしなかった。

「さあ、この天宮図を拝見しましょう。ご説明いただけますか、天宮図の判読に関して多少はご存じだとのことですし」

やがて、ブレホンのゴルモーンは話しだした。フィデルマに対する不快感は拭えぬものの、その声にはしだいに熱が入りはじめた。

「この天宮図はわかりやすくできている。ここを見たまえ――」彼は、上質皮紙に描かれた記号を指さした。

シスター・フィデルマは屈みこみ、胸の中でそっと、かつて老コンクホルとともに過ごし、占星術の神秘の片鱗《へんりん》を学んだ時間に感謝した。

「オーラングは気がかりのあまり、〝自分はリーゴーン修道院長による命の危険に晒されているか?〟と問いかけたようだ。これには〈質　問《ホラリー・クエスチヨン》〉すなわち彼による問いかけが発生した時点での天宮図《ホロスコープ》が用いられる。出生時の天宮図の解読とよく似ているが、この場合、解読するのは問いかけが生まれた日時の天宮図なのだ」

フィデルマは苛立ちのため息が出そうになるのを懸命に抑えた。〈質問〉がどのようなものであるかくらいは知っている。だがとりあえず黙っておいた。

「この天宮図から読み取れるのは、オーラングが乙女座の上昇点《アセンダント》、すなわち東の地平線と黄道の交わる点の支配星である水星と、副支配星である月の支配を受けているということだ。敵となる修道院長をあらわすのが、第七宮《ハウス》(8)の支配星、つまり魚座の内側にある第七宮の中に位置する木星だ」

「結構です。わかりました。続けてください」

「ブラザー・オーラングの初見によれば、魚座の中の水星は衝《オポジション》、すなわち双子座または乙女座と一八〇度をなす位置にあるため、障害《デトリメント》、つまり最弱の状態となっているだけでなく、最低星位《フォール》、すなわち支配星からの力が最低となる黄道帯の部分にあり、しかも西から東へ逆行しているとあって、極限まで力が弱まっている。さらにこの水星の位置は、死を示す第八宮《ハウス》との境界線《カスプ》に近接している。いっぽう、木星の力はひじょうに強い。こちらが支配星となり、角《アンギュラー》(9)、すなわち第七宮にある水星の力を削いでいる。さらに重要なことに、この木星が、死をあらわす第八宮をも支配している」

シスター・フィデルマは、天宮図の上を滑るブレホンの指を目で追った。

「さて、そこでここに注目していただきたい。自己破滅を示す第十二宮《ハウス》の支配星である月のすぐ近くに太陽があるために、月の光が薄れている。われわれ星を読む者たちは……」彼は不本意だとばかりに笑みを浮かべた。「かねてより、この状態はあらゆる惑星にとっての最悪の事態であるとみなしてきた。太陽と月が第八宮にあり、しかも月が牡羊座にあるとなれば、それは巡礼者《ペレグリン》の状態、すなわち惑星の影響力《エッセンシャル・ディグニティー》が最強となる位置が完全に失われることとなり、力はすべて奪われる」

いつしかフィデルマは、天宮図に描かれた数々の角《アングル》の示す意味を判読しようと夢中になっていた。彼女の知識だけでは、微妙な差異を見わけるには不充分だった。

「つまりブラザー・オーラングの解釈ではなにが示されていたのです？」彼女は訊ねた。

「これらのすべてが、リーゴーン修道院長に対してはなす術《すべ》なし、と示していた。彼は修道院長の手により溺死あるいは毒死させられるであろう、と。木星が、水の星座である魚座にあることから、溺死の可能性は高かった。さらに、ここからが肝腎なのだが、魚座内にある木星は、大柄で強靭《きょうじん》、かつ敬虔であり、社会において人々の尊敬を浴びている人物をあらわす。修道院長以外に誰が当てはまろうか？」

「そしてあなたの知識に鑑《かんが》みても、その解釈は文句なしということなのですね？」フィデルマは興味本位で訊ねてみた。占星術に関してわずかな知識程度しかない彼女の目から見れば、彼の説明に粗《あら》はないように見えた。

「いっさいない」ブレホンのゴルモーンはきっぱりといった。

「結構です。では証人たちを呼んで話を聞くことといたしましょう。まずは、この天宮図の作成における立会人として署名をしたブラザー・イアールグに」

ブラザー・イアールグは痩せた、陰気な顔をした男で、オーラングは間違いなく自分の目の前で天宮図を描いていた、と証言した。オーラングが天宮図の意味を説明するところにも居合わせており、その週のうちに自分は殺されるのだ、それも修道院長の手によって、という内容も聞かされていた、と。

「オーラングがそのように信じていたにもかかわらず、彼を守る手立てがなにひとつ講じられなかったのはなぜですか？」フィデルマは今一度その問いを発した。

「オーラングは運命論者でした。逃げ道はないと彼は思っていたのです」ブラザー・イアールグが断言すると、その向こう側にいたブレホンのゴルモーンが満足げに笑みを浮かべた。

ブラザー・ブルガッハ、ブラザー・セナッハ、ブラザー・ダバーンが続いてやってきた。そして全員が、一週間以上前にブラザー・オーラングに天宮図を見せられたと話した。彼は、やがてみずからが湖で発見されることになるその日の日付を予言していた。みなが異口同音に、あれは避けられぬ運命だったのだ、と口にした。

フィデルマは苛立ち《つの》を募らせた。

「この修道院のかたがたは誰もかれも宿命に取り憑かれているようですのね。自由意志の持ち主はひとりもいらっしゃらないのかしら？」彼女は鼻白んだ。

「運命とは……」ブレホンのゴルモーンが口をひらきかけた。

「運命とは、愚者が失敗に対してするいいわけですわ」彼女はぴしゃりといい据えた。「このようなことが起こると承知していながら、誰ひとり腰もあげずにただ待ちかまえていただけだった、などという話を信じろとおっしゃるのですか？」

「葉は浮く運命に、石は沈む運命に」ブラザー・ダバーンが歌うようにいった。「運命の行く末を変えることは誰にもできないのです。新しい教義ですらそう説いています。この修道院では全員が、偉大なる〝ヒッポのアウグスティヌス〟[10]の著作を――『デ・キヴィターテ・デイ』すなわち『神の国』を学びます。人は運命から逃れることはできぬ、と彼は確か論じていたのでは？　われわれの運命はこの世に生まれ落ちる前から決められているのです。全知全能なる神は、天地創造の前にも、われわれの中で最も卑《いや》しき者たちの運命をお定めになっていらっしゃいます」

「いいえ。わが国の偉大なる神学者ペラギウス[11]は、著書『デ・リベロ・アルビトリオ』――『自由意志において』――の中でこう論じていたのではありませんでしたか？　〝運命をたやすく受け入れることは人間の進歩を損なうものである〟と。私たちがものごとを知らされるのは選択するためであり、すわりこんだままただ手をこまぬいているためではありません。アウグスティヌスの言葉に従い、なにも行動せぬままでいれば、人類のあらゆる道徳律を危険に晒すこととなります。私たちはみずからを救済するために、まずは最初の一歩を踏み出さねばならないのです。その行動がよきものであろうと悪しきものであろうと、私たち自身がそれぞれの行動に責任を持たなければ、私たちはただ罪という沼に沈んでいくだけです」

「しかしそれはドゥルイドの教えではないかね……」ブレホンが反駁《はんばく》した。

「しかもペラギウスは、ドゥルイドの教義を復活させようとして告発された人物です」ブラザー・ダバーンが不快感もあらわに口を挟んだ。「それゆえ彼はローマから異端との誹《そし》りを受け、教皇インノケンティウス一世[12]により断罪されています」

「けれども、わが国の教会も、ブリタニアも、ゴール[13]も、さらにはローマ・カトリックの司教たちの多くも、その判決を認めてはいません」フィデルマはぴしゃりとやり返した。「インノケンティウスの後継者となった教皇ゾシムス[14]ですら、前教皇の裁定を撤回し、ペラギウスは無罪であったと表明していました。ただ、アウグスティヌス[15]の朋友であったアフリカ人司教らが現教皇の決定を拒み、ローマ皇帝ホノリウスを説き伏せて、ゾシムスを糾弾《きゅうだん》する勅令を出させたのです。教皇が再考を迫られ、裁決を覆してペラギウスを破門したのは政治的理由からであり、信仰を理由としたものではなかったのです」

ブレホンのゴルモーンは胡散臭《うさんくさ》げな表情でフィデルマを凝視した。

「ずいぶんとお詳しいようですな?」

「弁護士である以上、手に入る情報はすべて身につけておくのが義務ではございませんこと?」彼女はいい募った。「当然のことですが、私どもは、できるかぎり知識を幅広く持つ必要があります。そうでなくては、どうして自分は他人の行動を裁く者である、などとみずから名乗れましょうか?」

ブレホンのゴルモーンは面喰らったようすだった。

フィデルマは自信に満ちた口調で続けた。「さて私は、ブラザー・オーラングの遺体を発見した人物と、遺体を検分した薬師、そしてむろん、修道院長にもお目にかかりたいのですが」

「遺体を発見したのはブラザー・ペトローンだ」ブレホンは苦々しげにいった。「薬師はブラザー・クリンといい、修道院長は自室に留め置かれている。彼らの証言の内容ならばとうに聞いた。わたしがまたわざわざついていくまでもなかろう」

シスター・フィデルマは片眉をあげたがなにもいわなかった。腹立たしげにブラザー・ダバーンをちらりと見やる。

「では、彼らのところへはブラザー・ダバーンに案内をお願いできますか？」

ブラザー・ダバーンはしぶしぶ先に立ち、フィデルマを連れて院内の薬草園へ向かった。そこでは、ひとりの修道士が庭仕事の最中だった。

「庭の世話をしているのがペトローン、施薬所は薬草園の奥の角にあります。ブラザー・クリンはその中にいるはずです」

ブラザー・ダバーンはそれだけいうと、さっさと踵《きびす》を返して歩き去ってしまった。

フィデルマが近づいていくと、庭の茂みの手入れをしていた赤ら顔の太った修道士が振り返った。彼はふと眉をひそめたが、やがてにこやかな笑みを浮かべた。

「シスター・フィデルマ？」

「私をご存じですの？」挨拶されたことに戸惑い、彼女は訊ねた。

「ええ。とはいえわたしのことはご存じないでしょう。殺人罪に問われていたブラザー・ファーガルをあなたが弁護なさったとき[16]、わたしもあの法廷にいたのです。このたびは院長の弁護をなさるためにいらしたのですか？」

「彼が無実であると確信すれば、ですが」フィデルマは頷いた。

「無実にきまっています」修道士は真面目な表情になった。「わたしはブラザー・ペトローン、気の毒なオーラングの遺体の発見者です」

「けれども院長が殺したとは思っていないのですね?」

「怪しげな星図に基づいた主張を証拠に人を有罪にするなど、わたしはどうかと思いますね」

「これまでのできごとを話してください」

「あの日は、薬草園のための新しい植物を買いに市場へ向かうつもりでした。そのためには湖を渡らねばならないのですが」彼はわざわざそうつけ加えた。「そこで、われわれ用のボートがもやってある桟橋まで行きました。そのときでした、ブラザー・オーラングが、桟橋の下の水中に沈んでいるのが見えたのです」

「桟橋の下に?」フィデルマは即座に、その部分を聞きとがめた。

「薄い木板の桟橋です。板の何枚かは緩《ゆる》んだり外れたりしています。危ないので、渡るときには足もとをよく見なければなりません。それで見えたのです。ずっと足もとを気にして歩いていたら、板の隙間から人の身体が見えました。とはいえ、そもそもあの男が声をかけてきて下を指さしてくれなければ、目を凝らしてまで見ようとは思わなかったでしょうがね」

フィデルマは驚きを押し隠した。

「あの男、とは?」彼女は慎重に訊ねた。

ブラザー・ペトローンはうろたえるようすもなく答えた。

「対岸に騎馬の男がいたのです。桟橋に足をかけたとき、彼がこちらに向かって大声をあげ、手を振りはじめました。なにごとだろうと思いました。ですが、遠すぎてなにをいっているのかまではよく聞こえなかったのです。彼が腕を振りまわしてしきりに水面を指さすので下を見てみると、人が沈んでいました」

「では、一連のできごとをその男が目撃しているかもしれないのですね？」彼女は静かな声で訊ねた。

ブラザー・ペトローンは肩をすくめた。

「彼が、オーラングが沈んでいるのを見とがめて、わたしの注意を惹こうとしたのは間違いありません」

「ブレホンにはこのことを話しましたか？」

「院長が関与しているという証拠があがっているのだから、関連性はないだろうとのことでした」

「騎馬の男について詳しく聞かせてもらえますか？　顔見知りでしたか？」

「初めて見る顔でした。ですが立派な馬に乗っていて、武人の身なりをしていました。キャシェルの王旗を掲げていました」

「ならば、彼はキャシェルへ戻る途中だった王の伝令に違いありません」フィデルマは安堵の声をあげた。「すぐに見つかるでしょう」彼女はそこでふと黙りこみ、やがてふたたび口をひらいた。「それから？　人が沈んでいるのに気づいたあと、どうなりましたか？」

「わたしは大声をあげて助けを呼び、泳ぎは得意なので、湖に飛びこんで彼を岸へ引きあげました。その頃にはわが修道院の薬師であるブラザー・クリンが駆けつけてくれていました」

「対岸の男はどうしましたか？」

「彼は、わたしがオーラングを引きあげたのを見届けると、片手をあげて去っていきました。向こう岸にはボートがなかったので、彼にできるようなことはほぼありませんでしたから」

「あなたは泳ぎが得意だといいましたね？」フィデルマは続けた。「ブラザー・オーラングも泳ぎが得意だったかどうかは知っていますか？」

ブラザー・ペトローンは即座にかぶりを振った。

「彼は島にあるちいさな漁村の出だったのですが、そこの島民たちは揃いも揃って、無駄なあがきで心身ともに凄まじい苦痛に苛まれるくらいなら、いっそ無慈悲なる荒海に呑みこまれて一瞬で溺れ死んでしまったほうがましだ、そのためにはむしろ泳ぎなど覚えないほうがよい、という考えの持ち主でして」

フィデルマは思わず身震いしかけた。

「そのような考えかたの人々がいるとは聞いていますが、賛成はできかねますわね。薬師のほかにも誰か駆けつけましたか？」

「いいえ、誰も」

「ブラザー・オーラングはどれほどの時間、水中に沈んでいたのか知っていますか?」

「知りません。ですが薬師のブラザー・クリンの話では……」

フィデルマは片手をあげてさえぎった。

「それについてはブラザー・クリンから直接伺うことにしましょう」彼女は提案した。「ご自分が目撃したことに基づく証言のみを聞かせてください」

ブラザー・ペトローンはフィデルマの肩越しにちらりと視線を泳がせ、なにかに目を留めた。

「でしたら、薬師の話を聞くのにこれ以上のよい機会はないようですよ。ブラザー・クリンがこちらへ来ます」

振り返ると、年配の男が庭をこちらへ向かってくるところだった。がっしりとした体型で、肘までまくりあげた法衣の両袖から筋肉質の腕が覗いている。髪は半白で、瞳は深い青色だった。薬草園に修道女の姿があるのを見て、怪訝《けげん》な顔をしている。

ブラザー・ペトローンがフィデルマを紹介すると、薬師の表情が和らいだ。

「これがただの溺死ではないと気づいたのはわたしでね、修道女殿」悦に入ったように彼はいった。「オーラングは気の毒だった。彼はわたしの薬師助手を務めてくれていたのだが」

「その木の桟橋までご一緒していただいて、その道すがら、あなたが疑念を抱くに至ったいきさつを聞かせてもらえますか?」

薬草園をあとにし、背の高い石塀を抜けるちいさな扉をくぐると、そこはもうこの島の沿岸だった。その場所から見ると、湖の幅がひじょうに広いことがわかった。木の杭を支柱として水上にかけられた桟橋はかなり古びていた。板の何枚かは腐っており、いかにも危なげだ。

「修理が必要そうですね」フィデルマはそれとなくいった。

「確かに。ここはもっぱらわれわれの薬草園に荷物を運びこむときにだけ使われる桟橋でね。おいでになるときにご覧になっただろうが、おもに使用されているのは、ここよりもむしろ、正門に面した桟橋のほうなのだよ」

「ブラザー・オーラングがここにいたのは、なにか特別な理由があってのことだったのでしょうか?」

薬師は顎を手でこすった。

「あの朝、彼はボートで本土へなにかを届けに行ったのだが、そのあとブラザー・ペトローンが市場へ行くことになっていたから、おそらくボートをもとの場所に戻しに来たのだろう。彼のマルスピウム（携帯用の小型鞄）がボートに残されていたのを、ブラザー・ペトローンが発見している」

「鞄がボートに残っていたのですか?」

「おそらく、桟橋にあがるときに置き忘れたのだろう」

「ブラザー・ペトローンがブラザー・オーラングを湖から引きあげたあと、助けを求める声に応えて、あなたが駆けつけたと聞いています。そのとおりですか？」

「薬草園にいたところ、ブラザー・ペトローンの叫び声が聞こえたので、慌てて駆けつけた」

ブラザー・クリンは認めた。「哀れなオーランがすでに死んでいることはひと目でわかった」

「死後どのくらい経っていましたか？　おわかりになりますか？」

「わたしは玄人なのでね、修道女殿」彼は薬師としての腕に自信があるようで、ものいいも少少横柄だった。「死んで間もないようだった。額の傷からはまだ血が流れていた。それを見て、これは殺人だ、とぴんときたのだよ」

「その傷が死因だということですか？　どのような傷でしたか」

「傷は眉間にあった。つまりかの修道士は、何者かによって棍棒《こんぼう》のようなもので殴られ、湖に落ちて溺死したのだ」

「自分はその日に殺される、とブラザー・オーラングが予言していたという話は耳にしていましたか？」

ブラザー・クリンは激しくかぶりを振った。

「そのことは、あとからブラザー・セナッハに聞かされて初めて知った」

「ですがあなたはオーラングと一緒に働いていましたね。彼はあなたの薬師助手でした。にもかかわらず、予言について彼があなたにひとことも話していないのは妙ではありませんか？」

「彼はわたしの意見を知っていた。わたしもオーラングの占星術師としての評判は耳にしていた。だが個人的には、そんなことはどうでもよかったのだ。わたしは即物的な人間だが、同じ薬師たちの中にも、彼のような考えを医術の補助として用いる者は大勢いる。とはいえ、今回ばかりはオーラングが正しかったといえよう」

「今回ばかりは？」フィデルマは問いただした。

ブラザー・クリンは申しわけなさそうな笑みを浮かべた。

「オーラングの予言は外れることのほうが多かったのだよ。例の予言をわたしの前で持ち出さなかったのはそれが理由ではなかろうか」

フィデルマは考えこみつつ頷いた。

修道院執事のブラザー・カースの執務室へ戻ると、彼はふたたびブレホンのゴルモーンと話しこんでいた。

「証言を聞きたいのですが、キャシェルの王の伝令は呼びにやっていただけましたかしら？」フィデルマは前置きもなく、ブレホンに訊ねた。

ブレホンのゴルモーンはぽかんとしていた。

「遺体についてブラザー・ペトローンに注意を促したという、騎馬の男のことです」フィデルマは苛立たしげに説明した。

「ああ、その男かね？　なぜ王の伝令だとわかる？」彼はフィデルマの表情を見てふいに黙りこみ、やがて弁解するようにいい添えた。「その男の証言が、事件に関わりがあるとは考えがたい。そもそも、証拠はすでにじゅうぶん揃っているではないか」

フィデルマは不快感もあらわに顔をしかめた。

「事件の全容を目撃しているかもしれない人物なのですよ?」とブラザー・カースに向き直る。「すぐにキャシェルへ遣いを送り、その男を探してください。王の伝令のひとりですから難なく見つかるでしょう。彼には、重要な目撃者としてここへ来てもらわなくてはなりません」彼女は踵を返して部屋を去りかけたが、戸口で立ち止まり、振り返ってちらりとブレホンを睨《ね》めつけてから、不運な執事を見やった。「頼みましたよ、ブラザー・カース。私は修道院長に話を伺ってまいります」

リーゴーン修道院長には、人柄のよさそうな人物という第一印象を受けた。気さくで、気遣いもあり、おのれの置かれた状況に戸惑っているようすだった。だが話すうち、じつは彼が、ローマ・カトリックの教義を熱心に支持する、融通のきかない石頭だということがしだいにわかってきた。

「あなたがブラザー・オーラングを殺したのですか?」フィデルマは自己紹介をすると、間髪を容れず問いかけた。

「神もご覧になっていた、わたしはやっていない」修道院長は真顔で答えた。

「告発された証言の内容は聞いていらっしゃいますか?」

「馬鹿げた話だ! まともな理性の持ち主ならば、かような証言を本気でとらえるわけがない」

「ところがブレホンのゴルモーンは本気でそう思っています。あの証言については、まだ説明の必要な部分が少なくありません。ですがブラザー・オーラングは亡くなる一週間以上前に、自分がまさしくその日に溺死あるいは毒死によって命を奪われるだろう、と予言していました。彼が予言どおりの状況で亡くなっていたことは否定できません」

修道院長は黙りこくっていた。

「そしてほんとうにそうなった場合、その原因はあなただ、とブラザー・オーラングは話していたのです」

「くだらぬ戯言《たわごと》だ」

「予言の一部は合っていたのだからそれ以外の部分も正しいのではないか、とブレホンはおっしゃっておられますが?」

「たわいない迷信にいちいち答えるつもりはない」

「修道院長殿、あなたはブラザー・オーラングと不仲だったと伺っています。あなたは占星術、すなわちあなたが先ほどおっしゃった〝迷信〟に携わっていた彼を批判していたそうですね」

リーゴーン修道院長はきっぱりと頷いた。

「『申命記』にこう記されていなかったかね——〝汝《なんぢ》目をあげて天を望み日月星辰《ひつきほし》など凡《すべ》て天の衆群《しうぐん》を観《み》誘《いざな》はれてこれを拝《をが》み之《これ》に事《つか》ふる勿《なか》れ〟(第四章十九節)と……?」

フィデルマは首をかしげた。

「その一節ならば私も存じております。それに対して占星術師たちはこういうでしょう。われわれは星々を拝んでいるのではなく、それらが形づくるものから導きを得ているのだ、と。なぜなら、あなたが今おっしゃった『申命記』のその一節は、そのすぐあとにこう続いているからです。〝……是《これ》は汝《なんぢ》の神ヱホバが一天下《いってんか》の万国の人々に分《わか》ち給ひし者なり〟と。ならば、その導きに従うことをなぜ恐れる必要がありましょう?」

修道院長は侮蔑するように、ふんと鼻を鳴らした。

「口が達者だな、修道女殿。だが星々を崇拝することを神が禁じていたのは明らかだ。『ヱレミヤ記』にもある、〝異邦人《ことくにびと》は天にあらはるる徴《しるし》を懼《おそ》るるとも汝《なんぢ》らはこれを懼るる勿《なか》れ〟(第十章二節)と……」

「崇拝しているのではない、と占星術師たちはいうでしょう。彼らならば、エレミヤは〝天にあらはるる徴〟がじっさいに存在することをきちんと認めたうえで、その〝徴〟から私たちが読み取り、学ぶであろうものごとをただ〝懼るる勿れ〟と警告しているのだ、と指摘するはずです」

「なにをいうか!」修道院長が嚙みついた。「『イザヤ書』にもあるではないか——

〝かの天をうらなふもの

星をみるもの

新月をうらなふ者もし能《あた》はば
いざたちて汝《なんぢ》をきたらんとする事よりまぬかれしむることをせよ
彼らは藁のごとくなりて火にやかれん……〟（第四十七章十三〜十四節）」

「それはイザヤが、バビロン捕囚(17)のさいにバビロニア人に語りかけた言葉です。敵方の指導者を腐すのはよくあることです。重要なのは、修道院長殿、あなたが占星術を好むにせよ好まざるにせよ、それによって告発されることもあれば、また弁護されることもあるという点です」

「わが信仰に反するものに弁護される気などない」

「ではあなたの弁護はとうてい不可能ですわね」フィデルマは立ちあがった。「もし誰かが、あなたを殴ろうと棒を振りかざして向かってきたとしても、あなたは、その者には棒を武器として用いる権利はない、だからわたしは身を守らない、とおっしゃるおつもりですか?」

そういって戸口に向かうと、修道院長が苛立たしげに咳払いをした。彼女は期待をこめて振り向いた。

「どうすればわたしを弁護していただけるのかね?」彼はぼそりといった。

「オーラングが溺死したとき、あなたはどちらにいらっしゃいましたか?」彼女は訊ねた。

「あの朝は勘定をつけていた。このささやかな修道院を維持するために、革製品をつくって売っているのだ」

「そのときは誰かそばにいましたか？」

リーゴーン修道院長は肩をすくめた。

「ブラザー・オーラングが遺体で見つかった、という知らせを持ってブラザー・カースがやってくるまで、午前中はずっとひとりきりだった。例の馬鹿げた予言とやらについてはなにも知らなかったから、院内がなにやらざわついていて、妙だとは思った。それゆえ、すでに得た情報をもとにブレホンは呼んである、とブラザー・カースの口から聞かされたときには心底驚いた。さらにブレホンがあらわれて、オーラング殺害犯として告発されたときには耳を疑った」

「例の予言が、有罪の証拠とされたのですね」フィデルマは指摘した。

「ブラザー・オーラングがわたしを陥れるために自死したとは考えられぬかね？」

「私の経験上、自殺者がみずからの頭を殴って溺死することはまずありませんし、自殺に至るじゅうぶんな動機も見いだせません」

「つまり修道女殿も、予言は正しく、犯人はわたしである、といいたいのかね」

「修道院長殿、私の仕事は詳細にわたる事実を調査することであり、それらの事実によってあなたが犯人だという答えが導き出された場合には、ドーリイーとして宣誓している以上、私はあなたが有罪であることを隠し通すわけにはいきません。私の務めは、あなたを有罪たらしめたまさにその状況を詳《つまび》らかにすることのみです。法廷では、ドーリイーが有罪の人物を意図的に庇《かば》うことはできません。けれどもこれだけは申しあげておきます。判決は、事実に基づいてくだされなければならないものです」

修道院長がふたたび口をひらきかけると、彼女は片手をあげて彼を制した。

「現在の時点では、どちらにせよ私はまだなんの判断もくだしておりません。真相について心当たりがないこともないですが、ブレホンの前で立証するのは不可能です。まだじゅうぶんな証拠が揃っていません」

送った遣いがまもなくキャシェルから戻る、とブラザー・カースから知らせが入るまでに、さらにまる一日待たされた。

シスター・フィデルマは正門へ向かい、桟橋めざして湖を渡ってくるボートを見つめた。彼女の鋭い瞳はたちまちにして、船尾側に背を丸めた老ブラザー・コンクホルの姿があるのを見て取った。さらに目を凝らすと、もうひとり男が乗っているのが見えた。コンクホルの隣に、若い武人がすわっていた。

「ブラザー・コンクホル、来てくださって嬉しいわ」上陸する彼らをフィデルマは出迎えた。

年老いた男はやんわりと、悲しげな笑みを浮かべた。

「あなた様の関わっていらっしゃる奇妙な事件については、送られてきた遣いから聞いておりますわい。ところで、こちらはファーハルじゃ」

若い武人はフィデルマに向かって頭をさげた。彼は、フィデルマがキャシェルにおわす王の妹君であることを忘れてはいなかった。

「姫様、あの男は溺死したと伺いました。あれ以上のことをしてやれなかったのが悔やまれます。なんてことだ、湖を泳いで救助に向かうにはあまりにも遠かった」

ふとあることが頭をよぎり、フィデルマは不安げに、ファーハルからコンクホルへちらりと視線を移した。

「ここへ来るまでの間に、あなたがたのうちのどちらかでも、この件について口にしましたか?」

ブラザー・コンクホルはかぶりを振った。返事をしたのはファーハルだった。

「姫様、証言をおこなうさい、証言者は事件について他人と協議してはならないと聞いております。この件について、われわれはどちらからも話をしておりません」

ブラザー・カースにいわれて彼らを修道院から迎えに行った修道士が、前に進み出た。

「必要とあらば、わたしがブレホンの前で証言いたします、修道女殿。このふたりは、わたしが彼らと落ち合ってからここへ来るまで、今回の事件についての話はいっさいしていません」

「たいへん結構です」フィデルマは安堵した。「では私と一緒にいらしてください」

フィデルマは彼らをブラザー・カースの執務室へ案内した。ブレホンのゴルモーンが苛立たしげに待ちかねていた。

「この事件の判決はすでにまる一日遅れている。時間を無駄にしたのではなければよいのだがな」

「申しあげておきますが、ブレホンのゴルモーン、公平を期することが時間の無駄となることはけっしてありません。ブラザー・コンクホルには部屋の外でお待ちいただいておりますので、まずは目撃者の証言を聞きましょう」

彼女はファーハルを身ぶりで示した。

ブレホンのゴルモーンは若い武人をじっくりと見た。

「名前と所在を述べよ」

「わたしはファーハルと申す者、コルグー王[18]の親衛隊員であり、王の伝令を務めております」

「ブラザー・オーラング殺害事件に関してそなたの証言はいかに?」

ファーハルが戸惑うようすを見て、フィデルマが口を挟んだ。

「ブラザー・オーラングの、つまり桟橋のそばで発見された修道士が死亡した件について訊ねています」

いいかたを正されて、ブレホンのゴルモーンは不愉快そうに顔をしかめた。

「その件についてだ」彼は引きつった声でいった。

「わたしはキャシェルへ戻ろうと、湖岸沿いを騎馬で走っておりました」ファーハルが語りだした。「対岸の島で、修道士がひとり、修道院に続く桟橋の端にボートをもやっているのが見えました」

「その人物がブラザー・オーラングであり、彼が薬草園側の桟橋、すなわち彼自身が発見された場所にボートを乗りつけたところだった、ということは証拠を提出するまでもないと存じます」フィデルマは言葉を挟んだ。

ブレホンのゴルモーンは苛立たしげに、ファーハルに向かって話を続けるよう身ぶりで示した。

「その修道士はボートをもやると桟橋を歩いていきましたが、ふいに立ち止まり、ボートのほうを振り向いたように見えました。つまりわたしのほうへ顔を向けたのです。そして奇妙にも、なにかに足止めされたかのようにびくりとあとずさりました。そのときバシッという音がして、彼は後ろへよろけ、桟橋の縁から湖へ落ちたのです。わたしは大声をあげて急を知らせました。しばらく叫びつづけていると、ようやく別の修道士が門から出てきました。わたしの声は聞こえているようでしたが、内容まで聞き取れているのかどうかは疑問でした。わたしは、先ほどの修道士が転落した場所を身ぶりで示しました。それでおそらくわかったのでしょう、彼は了解したとばかりにこちらに向かって手を振ると湖に飛びこみ、転落した修道士の身体を岸へ引きあげはじめました。さらに修道士がもうひとりやってきたのを見計らい、それ以上できることはなさそうだったので、わたしはそのまま旅を続けましたが、まさかそんな短い間に、最初に見かけた修道士が亡くなっていたとは思いも寄りませんでした」

「修道士が湖に落ちたとき、まわりには確かに誰もいなかったのですか？　修道士は桟橋の上にひとりでいたのですね？」

「ほかには誰もいませんでした」ファーハルはきっぱりといった。

「だがバシッという音がしたのだな？」ブレホンのゴルモーンが口を挟んだ。

「はい。枝が折れるような音でした」

「何者かに槍を投げられ、そのせいで背中から転落したのでは……そうだ、石投げ器《スリングショット》ではなかったのかね？」ブレホンが水を向けた。

「彼の顔はわたしのほう、つまり湖側を向いていました。石投げ器であろうとなんであろうと、武器を用いるにはあまりにも距離がありました。あり得ません、彼が湖に転落したときには、まわりには誰ひとりいませんでした」

「では超自然的な力がはたらいたとでも主張するつもりかね？」ブレホンはフィデルマを振り向き、問いただした。「となれば予言はどうなのだ？　これでは、予言が正しかったことを否定するいいわけにはならぬぞ」

フィデルマはファーハルに向かって微笑んだ。

「あなたは部屋の外で待っていてください。そして、ブラザー・コンクホルに中に入るよう伝えてください」

ややあって、老人がいわれたとおりに部屋へ入ってきたので、フィデルマはブレホンにいい、天宮図をひろげさせた。

「コンクホル、この天宮図をご覧になって、ご意見をお聞かせ願えますか？」

フィデルマが促すと老人は頷き、彼女の手から天宮図を受け取った。彼はしばらくの間それをじっくりと眺めていたが、やがて顔をあげた。

「素晴らしい天宮図だ。玄人の手になるものじゃな」

ブレホンのゴルモーンは満足げな笑みを浮かべた。

「では博学なるコンクホルよ、オーラングによる判読の結果についてはあなたも同意なさるのだな？」

「確かにほぼ合ってはおる……」老人は認めた。

ブレホンの顔に笑みがひろがるのがフィデルマにも見えたが、ブラザー・コンクホルの話はさらに続いた。

「ただし、重要な点をひとつ除いてだがな。見たところブラザー・オーラングは、天宮図を描き〈質問〉の答えを得ようとした時点から一週間もせぬうちに自分は死ぬ、と予言していたようじゃ。水星と木星が合《コンジャンクション》をなす日、すなわち同じ黄経上に来る日にそれは起こるであろう、と」

「そのとおり。つまりアブローン〈四月〉一日だ。その日に彼は殺された。まさしく自分の予言していたその日に」ブレホンは畳みかけた。「それは認めざるを得ないはずだ」

老人は天宮図を指で叩き、かぶりを振った。

「しかし彼の誤りは、数時間後には水星が順行、すなわち天球上を西から東へ進み、木星と合をなさぬことに気づかなかった点じゃ。ブレホンよ、占星術に関して多少の知識がおありならば、これはわれわれのいう〝折り返し《リフレンネーション》〟(19)と呼ぶ現象であることはおわかりだろう。悲しきかな、これまでにも儂《わし》は、大勢の占星術師たちが、こうした注意散漫によって、かくなる重要な事実を見落とすさまをさんざん目にしてまいった。ブラザー・オーラングを庇うとすれば、おそらく彼は狼狽《ろうばい》と不安のあまり、腰を落ち着けて星々の動きを正確に算出することができなかったのではなかろうか」

「だが予言は正しかったではないか。彼はみずからが予言した日に死んだ。そのことはどう説明なさるおつもりかね？」ブレホンのゴルモーンは譲らなかった。

「だが彼は殺害されてはいない」ブラザー・コンクホルはいいきった。「天宮図には、そのようには出ておらぬ」

「どういうことだ？」ブレホンは戸惑い、問いただした。「では彼はなぜ死んだのかね？」

フィデルマが笑みを浮かべ、ふたりに割って入った。

「ご一緒にいらしてくだされば、一部始終をお話しいたしますわ」

古い桟橋の端で、フィデルマは立ち止まった。

「ブラザー・オーラングは桟橋の端にボートを停めるとその上にあがり、修道院へ戻ろうとしました。そこでボートに忘れものをしたことに気づきました。詳しくいえば、忘れたのはマルスピウムです。これはあとから、ブラザー・ペトローンによって発見されています。オーラングは桟橋のなかばまで行ったところで引き返し、忘れものを取りに戻ろうとしました。このあたりのことは、私たちの友人ファーハルが対岸から目撃しています」

ファーハルが小声で同意した。

「さて、ここで桟橋の木板の状態を見てください。腐っているものもあれば、釘が外れているものもあります。オーラングはボートに向かって勢いよく踏み出しました……」

フィデルマは踵を返し、木板を見定めると、そのうちの一枚を強く踏んだ。バシッという音をたてて反対の端が持ちあがり、彼女は素早く脇へ飛びのいて、自分めがけて宙を飛んでくる板の端をよけた。そして見ていた者たちを得意気に振り向いた。

「木板の端がブラザー・オーラングの眉間を直撃しました。薬師が発見したのはその傷です。彼は眉間を強打して気を失い、湖に転落しました。溺死するまでにはさほど長い時間はかかりません。水中から引きあげられたときには、彼はすでに息絶えていました」

「ではあの予言は……?」ブレホンが途方に暮れたようすでいいかけた。

「根拠のないものでした。事故だったのです。誰の落ち度でもありません」

それからしばらくして、ファーハルとコンクホルとフィデルマが船で本土へ戻る道中、老占星術師が片頰に笑みを浮かべ、フィデルマに向き直った。

「どうしても考えてしまうのじゃよ、ブラザー・オーラングがいますこし優れた占星術師であったならば、正確な予言をすることも可能であっただろうに、と。すべて天宮図にあらわれていた。水による死の危険、しかも彼は、そうした危険が起こるであろう日を正確に予言していたからなおさらでな」

フィデルマは考えを巡らせつつ頷いた。

「間違っていたのは、ブラザー・オーラングが、私たちの朋友たるブレホンのゴルモーンと同様に、星々の織りなす形が決めたことを人間の自由意志によって変えることはできないと、また人間に選択の余地はなく、あらゆるものごとは最初から運命づけられているのだ、と頭から信じてしまっていたことです。いにしえの学者たちが説いたネムナハト〔天文学〕のわざとは、そのようなものではいっさいありません」

まさに、とばかりにブラザー・コンクホルが頷いた。

「では、儂がお教えしたことをきちんと憶えておいでなのですな?」

「あなたは教えてくださいましたね。警告の役割を務め、私たちに知識を与えてくれる数々のしるしがあり、賢者たちはそれを読み解いてさまざまな判断をくだすのだということ、そしてそれらがあくまでも選択肢であり可能性であって、私たちはそこから選び取るのだ、ということを。東方から伝わってきた新しい学問ほど、運命論に傾《かし》いでいるような気がします。〝ヒッポのアウグスティヌス〟の説いたキリスト教の教義においてすら、あらゆるものごとは最初から運命づけられているのだ、とあります。私がペラギウスの教えのほうに賛同するのはそれが理由でもありますの」

「アウグスティヌスに賛同する者たちは、ペラギウスを〝アイルランド流の戯言のかたまり〟と鼻で笑っておるがな？」

「頭ごなしの偏見よりも、〝アイルランド流の戯言のかたまり〟のほうがましですわ」

ブラザー・コンクホルはくくっと笑い声をたてた。

「お気をつけなされ、フィデルマ様、〈異端〉との誹りを受けますぞ！」

魚泥棒は誰だ

Who Stole the Fish?

シスター・フィデルマは軽く驚いて顔をあげた。同僚の修道女たちとともに木製の長テーブルにつき、まもなく晩餐というそのとき、扉から、赤ら顔の修道士が慌てふためいて食堂へ飛びこんできたのだ。まさにたった今、ラズローン(1)修道院長が〈感謝の祈り〉を唱えだす前に、みなに静粛を呼びかけたところだった。

いきなり入ってきたところへ、幾人かに訝《いぶか》しげなまなざしを向けられて、修道士はうろたえた表情で足を止めた。赤ら顔がますます赤みを増し、彼はためらうようにしばらく両手を揉み合わせていた。今宵の晩餐が普段どおりのものではなく、このダロウ(2)修道院を訪問中であるローマ特使、尊者《ヴエネラブル》(3)サルヴィアンをもてなす宴であることはこの男もじゅうぶんに承知していた。当のローマの貴人は院長の隣にすわったまま、驚いた顔で闖入者を唖然と見つめている。

赤ら顔の修道士は気を取り直し、急ぎ足でラズローン院長のいる主卓へ近づいていった。院長は立ちあがり、丸顔に苛立ちをにじませていた。修道士が身を乗り出し、なにごとかを小声で告げた。なにやら不測の事態が起こったようだ。院長のおもざしに一瞬、驚愕の表情が浮かんだのがフィデルマにも見て取れた。院長は左隣にすわっている執事に顔を寄せ、ひそひそとなにごとかささやいた。今度は執事の顔に驚きがひろがる番だった。院長は賓客である尊者サルヴィアンに向き直ると硬い笑みを浮かべ、大仰に身ぶりを交えながら話しはじめた。高位の老人はあえて表情には出すまいとしているものの、困惑しているようすだ。

やがて院長が席を立ち、晩餐を遅らせるきっかけとなった修道士のあとについて、足早に食堂を横切っていった。驚いたことに、彼は迷うことなくフィデルマのもとへやってきた。

ラズローン院長は身体を屈め、低い声でいった。沈痛な面持ちだった。「どうかお力をお借りしたい、フィデルマ殿」彼は率直にいった。「厨房までご一緒願えませんかな?」

ラズローンは芝居がかったふるまいをする人物ではなかった。フィデルマは、さらに質問をぶつけて時間を無駄にするようなことはせず、立ちあがると、憂鬱《ゆううつ》な表情の男のあとをついていった。先刻の赤ら顔の修道士がふたりの先に立ち、急ぎ足で進んでいく。

扉を通り抜け、厨房に足を踏み入れたところで、ラズローン院長は立ち止まって周囲を見わたした。この修道院の食事を一手に引き受ける細長い部屋には数人の修道士がいた。妙なことに、厨房内の者たちが慌ただしく立ち働いているようすはなかった。修道士の一団は、前掛けを身につけ両袖をまくりあげていることから賄方《まかないかた》であることはわかったが、みな黙ったまま、落ち着かないようすで立ちつくしているばかりだ。

ラズローンは自分たちをここまで連れてきた赤ら顔の男に向き直った。「さて、ブラザー・ディアン、先ほどの話をシスター・フィデルマにもう一度聞かせてさしあげてくれるかね。こちらは副料理長のブラザー・ディアンだ」彼はフィデルマのために急いでそうつけ加えた。

ブラザー・ディアンはおどおどと、首を何度も上下させて頷いた。明らかに動揺しているようすで、早口でまくし立てはじめた。

「尊者サルヴィアンが、今宵の宴に、わが修道院の賓客としておいでになるというので、本日の昼過ぎ、料理長のブラザー・リルチが、釣り竿と釣り糸を持って川へ向かい、特別料理に使うための鮭を釣りに行ったのですが」

長い前置きに焦《じ》れて、ラズローンが口を挟んだ。「ブラザー・リルチは大物の鮭を釣ってきた。儂《わし》も見ましたぞ。サルヴィアン殿にお出しする料理にたいへんふさわしい、それは立派な鮭でしたな。あれをひと目見ていただければ、この土地が世界じゅうでもとりわけ豊かな場所であることを、あのかたにも実感していただけたはずなのだが……」

ブラザー・ディアンはしきりに頷くと、口を挟み返した。「魚は下処理も済んでおり、〈感謝の祈り〉がまさに捧げられようとしているのを見計らい、ブラザー・リルチが調理を始めたばかりでした。わたしは野菜の準備を任されていたので、厨房の端で作業をしておりました。ブラザー・リルチはあのあたりで作業にあたっていたのですが……」彼は片手を振り、それぞれの料理によって分かれた調理場を指し示した。「つい先ほど、給仕長が厨房へ入ってきて、みなさま食卓にお揃いだ、とのことだったので、わたしは顔をあげ、ブラザー・リルチが支度を終えているかどうか、もう給仕たちに魚料理を運ばせても構わないかどうかを確かめようとしたのです。するとブラザー・リルチの姿がありませんでした。そこで彼が魚を調理していた場所まで行ってみると……魚が消え失せていたのです」

ラズローン院長は嘆いた。「魚泥棒とは！　尊者サルヴィアン殿にお出しするはずであった、とっておきの料理が盗まれてしまった！　いったいどうすればよいのだ？」

食堂にいるところを呼び出されてから、フィデルマはまだひとことも発していなかった。ここで彼女はようやく口をひらいた。「つまり魚が消えてしまったのですね。なぜ盗まれたといいきれるのです？」

答えたのはブラザー・ディアンだった。「厨房を徹底的に調べ、料理人たちに話を聞きました」彼は、かたまりになったまま無言で立っている五、六人の修道士たちのほうを示した。「なくなった魚に心当たりはない、と全員がいっています。魚はただ忽然《こつぜん》と消えてしまったのです」

「けれども当の料理長のブラザー・リルチは？」要領を得ない話に苛立ち、フィデルマは問いただした。「このことについて彼はなんといっているのです？」

ふとした間があった。

「申しわけないのですが」ブラザー・ディアンは嘆いた。「彼もあれから姿が見えないのです」

フィデルマは片眉を持ちあげた。「つまり、料理長はこの厨房内で鮭を火にかけて調理していた、しかも周囲には五、六人ほどがいたけれども、あるとき突然姿を消してしまったというのですか?」

「おっしゃるとおりです、修道女殿」男は情けない声をあげた。「妖術でもあるまいに。デウス・アウエルタート(そんな、まさか)!」

フィデルマは鼻白んだ。「馬鹿馬鹿しい! 料理長が、調理していた魚ごと消え失せる理由ならばいくらでもあるでしょうに」

ブラザー・ディアンは合点がいかないようだった。「あれはローマからいらした特使殿にお出しするはずのものでしたから、料理長もそれは細心の注意を払っていました。なにしろみずからフォール川[4]に赴き、あの——巨大な〝叡智の鮭[5]〟を釣ってきたのですから」

「彼が、その魚を扱っていた最後の姿が目撃された場所へ案内してください」フィデルマはいった。

ブラザー・ディアンは厨房の奥へ彼女を連れていった。開け放たれた扉があり、その向こうは修道院の庭だった。扉の脇にある窓は開いていて、窓辺にはテーブルが置かれており、その隣にある炉の上には、ビョル〔焼き串〕とインディーン〔焼き網〕がかかったままになっていた。

「ブラザー・リルチはこの焼き網で魚を調理していました」赤ら顔の修道士は彼女にいった。

「彼は魚に蜂蜜と塩をかけながら焼いていました。これを見てください」と、開け放たれた窓の前にある、テーブルの上の木製の大皿を指さす。「この皿に魚を載せようとしていたのです」

フィデルマは眉根を寄せて屈みこんだ。やがてそこに油がついているのを見とがめ、指を一本皿の上に滑らせてから、口もとに近づけた。「この皿に魚を載せた、ということですね」彼女は丁寧《ていねい》に正してやった。

それから床に視線を落とした。オーク材の床板にいくつかの染みがある。しゃがみこんでしばらく見つめたのち、彼女は手を伸ばして人差し指でそれに触れると、指先を目の高さにあげた。

「誰かがこの場所で肉を捌《さば》きましたか？」彼女は訊《たず》ねた。

ブラザー・ディアンは憤慨したようすでかぶりを振った。「ここは魚を調理するためだけの場所です。肉はあちらの、厨房の反対側の端で調理しています。ふたつの味が混ざり合って、料理をだいなしにしてはなりませんので」

フィデルマはうっすらと赤く染まった指先をラズローン院長に向けた。

「ではこれが動物の血でないということならば、料理長が怪我をして、そのために席を外したのだと考えることもできます」彼女はさらりといった。

ラズローン院長が眉根を寄せた。「なるほど。彼は怪我をして血を垂らしてしまい、魚を汚してしまったために、しかたなく捨てに行ったというところだろうか？」

シスター・フィデルマは丸顔の院長に笑みを向けた。

「素晴らしい推理です、ラズローン。ドーリィーになっていただきたいくらいですわ」

「ではそれが答えということですかな?」

「いいえ」彼女はかぶりを振った。「ブラザー・リルチは、かわりの料理を準備するよう料理人たちに指示することなくただ姿を消したりはしないはずです。しかもこれほどの長時間にわたって厨房を空けるとも思えません。床にはさらに血痕が続いています」

フィデルマが目で追っていくと、点々と続く血の跡は、庭に向かって開け放たれた扉の反対側にあるちいさな扉へ向かっていた。

「あの扉はどこに通じているのです?」

「小麦粉や大麦などの穀物がしまってある貯蔵室です。あの中ならもう覗いてみました。あそこには隠れていませんでしたよ、修道女殿」ブラザー・ディアンがいった。

「ですが血の跡はあの部屋へ続いています」

「そういわれてみれば、確かに」副料理長がいった。

フィデルマは貯蔵室の扉を開けて中を覗きこんだ。部屋の奥の、積みあげられた穀物袋の向こう側には大きな戸棚がいくつか並んでいた。彼女は血痕をたどり、すみやかにそちらへ歩いていくと、中央にある戸棚の扉を開け放った。

年配の修道士の身体が床に転がり出た。かたわらから、恐怖に息を呑む音が聞こえた。死体のみぞおちには、肉切り用の大庖丁が突き刺さっていた。

「これはブラザー・リルチに間違いないですね？」彼女は平然と訊ねた。

「クォド・アウェルタート・デウス（そんな、まさか）！」院長が声を殺して、いった。「魚を盗むために料理長を殺すなど、人ならぬ獣のおこないではないか？」

若い修道士のひとりがこらえきれずに泣きじゃくりはじめた。院長はきまり悪そうにちらりとそちらを見やった。「ブラザー・エンダを外へ。水を一杯やりなさい」彼は、同僚をなだめようとしているもうひとりの若者に向かって、いった。それからすまなそうにフィデルマに向き直った。「残虐な死を目の当たりにするのは、やはり若者にとっては刺激が強すぎますな」

「この邪悪なおこないをなしたのが誰なのか、わたしには見当がつきます」若者のひとりが口を挟んだ。法衣の上に、染みひとつないパン職人の前掛けをつけた男だ。「今朝がた川辺で野営をしていた浮浪者の仕業にちがいありません」

彼がじっさいに用いた言葉はダール・フイジール、すなわち、貧困層に陥って奴隷と大差ない身分となった人々を指すものだった。更正することができずに社会における市民としての権利をいっさい失った罪人や、戦《いくさ》のさいに囚われた捕虜たちをあらわす。彼らは渡りの労働者となり、食べものと宿を恵んでくれる相手ならばどんな雇い主のもとでも働いた。

ラズローン院長の表情は深刻だった。「ならばそのごろつきどもには相応の報いを受けさせねば——」

「その必要はありません」フィデルマが静かに諭した。「彼らを取り調べても、その中に魚泥棒はいないと私《わたくし》は思います」

全員が彼女を振り向き、続く言葉を待った。

「ラズローン院長、あなたは大事なお客さまのもとへお戻りになりませんと。そのかたにお出しするはずだった魚料理のかわりにつくれるものはありますか?」

院長がブラザー・ディアンをちらりと見やった。

「鹿肉ならお出しできます、院長殿」副料理長が申し出た。

「いいでしょう」ラズローンにかわってフィデルマが答えた。「では食事の支度に取りかかってください、その間に私がここでいくつか訊問をし、ブラザー・リルチがどういういきさつで死んだのか、そして魚を盗んだのは誰なのかを探ることといたします」

院長は踏ん切りのつかないようすだったが、フィデルマのおもざしには決意と自信がみなぎっていた。院長は彼女に向かって軽く頷くと、そこでようやく思い至ったのか、彼女の指示にはすべて従うようブラザー・ディアンに命じた。

フィデルマは窓辺のテーブルに向き直り、空《から》の木製の大皿をじっと見おろした。表面についた油はすでに乾きはじめていた。しばらくして彼女は視線をあげ、窓の向こうにある狭い庭を見つめた。こぢんまりとした薬草園だ。

血痕から察して、ブラザー・リルチがこのあたりで刺されたのは間違いないようだった。だが貯蔵室の戸棚までひとりで歩いていけたはずはなく、おそらく殺害者によって、仰向けのまま両手を引っ張られてそこまで引きずっていかれたのだ。うつ伏せだったならば、血の跡がもっとべっとりとついているだろう。死体を運ぶのはそれほど難儀ではなかったにちがいない。ブラザー・リルチはかなり年配の、小柄で痩せぎすの男だった。じっさいのところ、まるで料理人らしくない見た目だった。それにしても、厨房内にいたほかの者たちが誰ひとりとしてなにも目撃していないというのは、いったいどういうことなのだろうか？

　フィデルマは周囲をぐるりと見わたした。

　扉を隔てた食堂のテーブルに料理を運ぶべく待機している給仕たちに、料理人たちが慌ただしく皿を渡している。

　厨房では六人が立ち働いていた。縦長の広い部屋、いや、じっさいにはL字形だ。立つ場所によっては陰になって見えない部分がある。ブラザー・リルチの姿はちょうど死角に入っていて、誰からも見えなかったのだろう。さらに部屋の中央には、奥行きいっぱいに、いくつもの調理台と大かまどが並んでいた。厨房自体はひろびろとしているが、部屋の真ん中に木製の支柱が何本も立っているため、ときには視線がさえぎられることもあるだろうとは容易に想像がついた。だが、いくら見通しの悪い場所が多いとはいえ、犯人が料理長を刺して貯蔵室へ引きずっていくところが見える位置に誰ひとりいなかった、とはとうてい思えなかった。たとえその殺人が音もなくおこなわれたとしても、だ。

ひらかれた場でおこなわれた殺人に誰ひとり気づかない、などということはまずあり得ない。彼女はふと大皿を見おろした。魚泥棒は誰なのだろう？　鮭一匹を盗むためになぜ殺人まで？　まったく筋が通らない。渡りの労働者とて、このような状況においてそのような企みは抱かぬだろう。

開け放たれた戸口に向かい、そこから薬草園を眺めた。十メートル四方もない庭は高い塀に囲まれており、突き当たりに木でできた通用門がある。石畳の小径《こみち》をたどってそこまで歩いていくと、木戸には閂《かんぬき》がついていた。閂は固く閉ざされており、外から庭へ侵入するのはまず不可能だ。そもそも、ここから誰かが出ていったとすれば、閂がかかっているはずがない。

踵《きびす》を返し、厨房に入る扉のところまで戻った。ここまで、これといって妙なところはひとつもない。不審な点も皆無だった。扉の脇には鋤《すき》が一本立てかけられており、それ以外にも庭仕事の道具がいくつか置いてあった。そのそばの地面に、空のブリキの深皿がひとつ置かれていた。道具類は庭の手入れに使われているものにちがいない。フィデルマはひとつの結論にたどり着いた。ブラザー・リルチを殺害したのは厨房内にいた誰かだ。

その事実で頭がいっぱいだったために、ふたたび厨房に入り、魚が置いてあったはずの空の大皿のかたわらまで来たものの、ブラザー・ディアンがすぐそばに戻ってきていることにすら気づかず、彼が注意を惹くために咳払いをしたところでようやくわれに返った。

「料理は食堂に運ばせています、修道女殿。ほかになにか？」

フィデルマは素早く決断をくだした。「厨房で働いている人たちを全員こちらに集めてください」彼女はいった。

ブラザー・ディアンが手招きをして男たちを呼び寄せた。「わたしはここにいました。ほかにもブラザー・ゲウスと、ブラザー・マンホーンと、ブラザー・トロブと、ブラザー・エンダと、ブラザー・ケットがいました」

と、彼はひとりひとりを指し示した。みな、まるで悪さをしているところを捕まって年長者の前に引きずり出された子どもたちよろしく、居心地悪そうにフィデルマの前に立っている。先ほど死体を目にして取り乱したのが若いブラザー・エンダだ。もうだいぶ落ち着いたようすだが、両目は真っ赤で、顔を引きつらせて必死に平静を保とうとしているのがわかった。

「みなさん、ブラザー・リルチの姿がないと知らされたときに自分がいた場所へそれぞれ移動してください」

ブラザー・ディアンが眉根を寄せた。「じつを申しますと、修道女殿、わたしがまず消えたことに気づいたのは魚のほうだったのです。先ほどお話ししましたとおり、わたしは厨房の端で野菜の支度をしていました。ブラザー・ゲウスはわたしの助手で、隣で作業をしていました」

「ではその場所へ行ってください」フィデルマはいった。

ブラザー・ディアンは部屋の反対側の端へ向かい、ブラザー・ゲウスも小走りでそれについていった。ふたりの姿は部屋の真ん中にある障害物のせいで見えなかったが、そこはまだL字形の死角の中ではなかった。フィデルマは被害者が調理をしていた場所に立ってみた。副料理長と助手の姿は見えなかった。

「では、魚料理の支度が終わったかどうかを確認しようとしたときと同じように動いてみてください」彼女は呼びかけた。

ブラザー・ディアンが反対側の端にある障害物の陰から姿をあらわし、ふと立ち止まってから、彼女のいるほうへやってきた。

「なぜわざわざ立ち止まったのです？」彼女は訊ねた。

「あのとき、魚料理をテーブルへ運ぶことになっていた給仕が食堂から入ってきたのです。部屋の端にある、わたしが作業をしていた場所のすぐ近くにあるあの扉からです。〈感謝の祈り〉がもうじき始まる、と彼がわたしにいいました。それでブラザー・リルチのほうを見ると、彼が持ち場にいないので、ここまで来てみたところ、魚が消え失せていたのです」

「厨房に通じている出入口は全部でいくつですか？」

「三つです」

「その三つとは……？」

「庭への勝手口と、食堂に通じる扉、それから給仕が食堂に運ぶ盆や皿を準備する控えの小部屋への扉です」

「つまり厨房からの出入口は、食堂か、あるいは給仕室に直接通じているということなのですね？」

「そこから出れば」ブラザー・ディアンが指摘した。「誰かしらの目にはつくはずです。ふたつの部屋を通らずに厨房に出入りするには庭を突っ切るよりほかありません。渡りの労働者がしのびこんだという意見にわたしが賛成なのは、それが理——」

フィデルマは片手をあげた。「庭は高い塀に囲まれています。唯一の出入口は木戸だけです。木戸には内側から閂がかけられていました」

ブラザー・ディアンは唇を尖らせた。「閂がかかっているのは、修道女殿、先ほどわたしがかけたからです。魚が消えたことに気づき、犯人がまだ庭にいるのではないかと思って見に行ったので」

フィデルマは腹立たしげに両手を振りあげた。「そのとき木戸は閉まっていたのですか、開いていたのですか？」彼女は問いただした。

「開いていました。いつもそのようなことはありません。今日の夕刻にわれわれが厨房に集まり食事の支度を始めようとしたときには、間違いなく木戸は閉まっていましたし、閂もかかっていました。だからわたしが閂をかけ直し、あとから誰も入ってこられないようにしたのです」

「お話してくださりありがとうございます」フィデルマは考えこみながら、いった。「あやうく誤った結論に行き着くところでした」彼女はそれ以上は説明せず、あとの者たちを振り向いた。

「ほかのかたがたも、そのとき作業をしていた場所へ移動してくださいますか？」

ブラザー・エンダとブラザー・ケットが、素早く反対側の端の、L字形の角の向こう側へ行くのが見えた。彼らから角のこちら側が見えていないことは明らかだった。

フィデルマはふたりに声をかけ、姿が見える位置まで呼び戻した。「あなたがたはどのくらいの時間そこにいましたか？」

ふたりの若い修道士はたがいに目を見交わした。ブラザー・ケットが話し役を買って出た。赤く目を充血させたブラザー・エンダは、どう見てもまだ動揺が収まっていないようすだったからだ。

「ここは果物を準備する場所です。僕たちはデザートに使う果物を洗い、切っていました。もっぱらそれだけをすることになっているので、ふたりともほぼずっとここにいました。ほかの場所へ行く理由もありませんでしたし」

「最後にブラザー・リルチの姿を見たのはいつですか？」

「支度を始めようと厨房に入ったときです。料理長である彼にまず声をかけねばならないことになっていましたから」

「ではそのままそこにいてください」フィデルマは最初の地点へ歩いて戻った。「さて、残りのかたがたですが……」

ブラザー・ゲウスは、ブラザー・ディアンが初めにいた場所から動いておらず、姿は見えなかった。ブラザー・トロブは厨房の端にある、肉用の焼き串が渡された大きなこんろの前へ、ブラザー・マンホーンは部屋の真ん中あたりにある作業台のそばへ行った。作業台の隣には、彼がパンを焼くのに使っていたとおぼしき土かまどがあった。

フィデルマはひとりひとりの位置を注意深く見ていった。トロブとマンホーンがリルチのほうへ視線を向けたならば、ふたりには彼の姿が見えたはずだが、それぞれがそのときになにをしていたかによって、さまざまな障害物に視界をさえぎられた可能性はあった。たとえば、もしブラザー・トロブがこんろに屈みこんでいたならば、彼は反対側の壁と向かい合っていたことになり、さらにその場所で後ろを振り向いたとしても、中央の作業台のあるあたりの低い梁には金属製の鍋が山ほどぶらさがっていて、そこから奥は見えなかったはずだ。見えたとしてもせいぜいブラザー・リルチの腹のあたりが覗いていたくらいだろう。

彼女はひとりひとりの視界をつぶさに確かめていき、やがて焦れたようにため息をついた。

全員が作業に没頭していたならば、何者かが薬草園から入ってきてリルチを刺し、瘦せぎすの身体を貯蔵室まで引きずっていってから、魚を盗むことは可能だったかもしれない。だが、殺人犯が庭から入ってきたのではないことは確かだった。それは理に適わない。たかが魚一匹のためになぜリルチを？　大皿は窓辺に置いてあった。そこまで必死に盗み出そうとしたのならば、リルチの気がそれるのを待ち、窓の外から素早く身を乗り出して魚を摑み取ればよいことだ。なぜ、見つかるおそれがあるような大きな危険を冒してまで、殺人という手段に訴える必要があったのだろうか？　しかも木戸の件もある。

見るべき角度が間違っているのだろうか？

「ひとりずつお話を伺いたいのですが。まずはブラザー・ディアンから」フィデルマは告げた。「それ以外のかたがたは、声をかけられるまで仕事を続けていてください」

ブラザー・ディアンを除く者たちは、しぶしぶながら、めいめいの持ち場でふたたび作業に取りかかった。

「ここの副料理長を務めてどのくらいになりますか？」フィデルマが口を切った。

ブラザー・ディアンはふと考えた。「五年です」

「リルチはここの料理人になってどのくらいでしたか？」

「そんなことを訊《き》いてなんになるのです？　渡りの労働者たちを調べるべきでは」彼はいいかけ、そこでぎらりと光る彼女のまなざしに気づいた。「リルチはわたしが来る一年前からここで働いていました。ですから彼が料理長だったのです」

「あなたやほかのかたたちとはうまくやっていましたか？」

「リルチがですか？　彼を好いている者などひとりもいませんでしたよ。なにせ欲望に忠実な男でしたから」彼はそこでいいやめ、顔を赤らめてひざまずき、祈りを捧げた。「〝デー・モルトゥイース・ニール・ニシ・ボヌム〟（死んだ者たちについてよいこと以外はなにも語るべきではない）」彼はぼそりといった。

「〝ヴィンキト・オムニア・ウェーリタース〟（真理はすべてに勝つ）」フィデルマは鋭い口調で返した。「私が聞きたいのは、偽りの賛辞よりも真実です」

ブラザー・ディアンは周囲を見まわした。「わかりました。リルチは若い修道士見習いをそばに置くことを好んでいたのです。意味はおわかりですね。男の修道士見習いを、です」彼は強調してつけ加えた。

「それゆえに憎しみを向けられていた？」

ディアンは頷いた。「彼が若者たちに辱めを与えていることに、多くの修道士が嫌悪感を抱いていました」

「辱め？　つまり合意のうえではなかったということですか？」

ディアンは答えるかわりに、思わせぶりに肩をすくめた。

「リルチは厨房の料理人の誰かと関係を持っていましたか？」彼女は問いただした。

ディアンはあからさまな質問に目をしばたたいた。「お言葉ですが、修道女殿……あなたは魚泥棒を見つけるためにここにいらっしゃるのでは……」

「私がここにいるのは、ブラザー・リルチを殺害した犯人を見つけるためです」フィデルマがぴしゃりといい放ち、ブラザー・ディアンはびくりと飛びあがった。

「彼が魚のために殺されたのは明らかです」ディアンはやがて冷静さを取り戻すと、怯むことなく口にした。

「そうでしょうか?」フィデルマは厨房の反対側の端を見やった。「ブラザー・エンダにこちらに来るようにいってください」

あっさりと解放されたことに、ブラザー・ディアンは驚いたようすだった。しばらくして、目を真っ赤に充血させた若いブラザー・エンダが、彼女のもとへやってきた。

「すこしは落ち着きましたか?」フィデルマは彼に訊ねた。

若者はゆっくりと頷いた。「あまりにも動揺してしまって……」彼はおずおずと話しはじめた。

「当然です。あなたはブラザー・リルチと親しかったのですね?」

ブラザー・エンダは顔を赤らめ、真一文字に口を閉ざした。

「彼と深い仲だったのでは?」フィデルマは問いただした。

「違います」

「彼が、あなたより若いほかの誰かに情を移してしまったのですか?」

「あの人は、この修道院でただひとり僕に優しくしてくれました。あの人のことを悪くいいたくはありません」

「真実とは違うことをお話しいただいても、彼を殺した犯人を見つける手助けとはなりませんよ」

若者は一瞬戸惑ったようすを見せた。「あの人はてっきり……」

「魚のために殺されたと思っていた、ですか?」フィデルマは表情ひとつ変えなかった。「彼には今つき合っている恋人がいましたか?」

「若い修道士見習いのひとりがお気に入りだったようです」

「彼があなたとの関係を終わりにしたのはいつのことですか?」

「半年前です」

「そのことに怒りをおぼえましたか?」

「悲しかったです。僕は別に――」若者は両目をふいに大きく見ひらいた。「僕が……あの人を殺したと思っているのですか?」彼の声が裏返り、厨房で働いていたほかの者たちの幾人かが、思わずフィデルマたちのほうを振り向いた。

「あなたがやったのですか?」フィデルマは動じもしなかった。

「僕じゃありません!」

「ではブラザー・ケットはどうでしょう? 彼はあなたと同じ年頃です。彼はリルチや、あるいはあなたと関係を持っていましたか?」

エンダは耳障りな笑い声をあげた。「ブラザー・ケットは違います。相当な女好きですから」

「あなたとケットとの間には、同胞愛のほかになんの感情もないということですか?」

「僕らは友人どうしにすぎません」

「リルチは嫌われ者だったと伺いました。それは彼がそうした性的指向の持ち主だったからなのでは？　人というものはしばしば、おのれが理解できないものに対する恐怖ゆえに殺人を犯すものです」

「知っていること以外お話しすることはできません」若者は強情にいいはった。

「潔白なかたがたにはそれしか求めていませんよ」フィデルマはかすかに笑みを浮かべた。

「ブラザー・トロブをこちらへ呼んでください」

　ブラザー・トロブは二十歳前後の男だった。端整な顔立ちをしており、エンダやケットほど若くはないものの、まだじゅうぶんに青年と呼んでよかった。黒い瞳に、愚かな真似をする連中とは相容れないとでもいいたげな、意志の固そうなおもざしをしている。彼は法衣の上に、丈の短い革の前掛けを巻いていた。

「あなたの担当は肉料理ですね？」彼女は訊ねた。トロブは慎重に頷いた。

「この厨房に勤めてどのくらいですか？」

「〈選択の年齢〉[6]でこの修道院に入って以来ずっとだ」

「三、四年前というところですか？」

「四年前だ」

「ではこの厨房で肉の扱いかたを学んだのですね？」

　トロブは軽く笑みを浮かべた。「ここで学んだこともあるにはあるが。俺は農場で育ったんで、肉の捌きかたと料理のしかたは幼い頃から教わってた。だから厨房で働きたいと志願したんだ」

フィデルマは彼が身につけている衣服を見おろした。「前掛けに血がついていますね」彼女はいった。

トロブは短い笑い声をあげた。「肉を捌いたら血がつくのは当たり前だ」

「むろんですとも」フィデルマはため息をついた。「ブラザー・リルチのことはどれほどよくご存じでしたか？」

トロブのおもざしに不愉快そうな表情がよぎった。「知らなくはなかったが」彼は素っ気なく答えた。

「彼が好きではありませんでしたか？」

「好きなわけがあるか」

「彼は料理長で、あなたは彼に指示される立場にありました。人は、ともに働いている相手にはなんらかの感情を持つものですし、年少の者はたいがい年長者に感化されるものです」

「リルチに感化されていたのはエンダのような頭の弱い若造たちだけだ。ほかの者はリルチを軽蔑していた」

「ほかの者というと、たとえばあなたも？」

「否定はしない。俺は掟《おきて》に従うまでだ」

「掟？」

「イエス・キリストの父なる神が定めた掟だ」若者はきっぱりと答えた。「その掟については『レビ記』に記されている。〝人もし婦人《をんな》と寝《いぬ》るごとく男子《をとこ》と寝《いぬ》ることをせば是《これ》その二人憎むべき事をおこなふなり二人ともにかならず誅《ころ》さるべしその血は自己《おのれ》に帰せん〟（第二十章十三節）と、そう書かれている」

　フィデルマは考えを巡らせながら、気難しい性格の若者をじっくりと観察した。「それがあなたの信条ですか？」

「とにかくそう記されている」

「けれどもそのとおりだと信じていますか？」

「聖書の言葉は当然信じてしかるべきでは？」

「では、その聖書の言葉をじっさいの行動に移そうとまで思いますか？」

　若者はふと怪訝《けげん》そうに目をすがめ、彼女をちらりと見やった。「神の掟を逆手に取り、殺しをおこなうことは禁じられている。だから、ブラザー・リルチを殺した咎《とが》で俺を告発しようとしているのならばお門違いだ。だが、法を行使する権限を持つ者が、あの男には死をもって償わせるべきだといったなら、俺はそれを止めたりはしなかっただろう」

　フィデルマは一瞬黙りこんだが、やがて訊ねた。「若い修道士見習いとしてこの修道院に入った頃、リルチにいい寄られたことがありましたか？」

　ブラザー・トロブは怒りをあらわにした。「よくもそんな――」

「冷静になりなさい、ブラザー・トロブ！」フィデルマはぴしゃりといい放った。「あなたが今話している相手はドーリィー、すなわち〈フェナハスの法〉(7)で定められた法廷弁護士なのですよ。私は真相を明らかにするために訊問をおこなっているのです。答えることはあなたの義務です」

「ではあらためていうが、俺は聖書に記された信仰の掟に従っているまでだ。それよりも、あなたは咎ある者を見いだそうと必死になるあまり、ひとつ忘れていることがあるんじゃないか」

「なにをです？」

「魚が消えた件だ。もし俺に、神の手としてリルチを罰せよという思し召しがあったとして、欲しくもない魚を盗む理由がどこにある？　なんなら俺の戸棚の中を調べてみるかね？」

フィデルマは冷ややかに彼を見つめた。「その必要はありません。ブラザー・マンホーンに、私のところへ来るようにいってください」

はらわたは煮えくり返っているとばかりに、トロブはくるりと背を向けた。

ブラザー・マンホーンはにこやかに笑みをたたえながらやってきた。よく太った、潑剌《はつらつ》とした顔つきの若者で、トロブとそれほど歳は変わらない。上気した顔は、まるで風呂あがりでぴかぴかに磨きあげてきたばかりのようだ。そうしてずっと笑みを浮かべているのが彼の癖と思われた。

「さて、修道士殿、お見受けしたところ、あなたはこの修道院のパン職人ですね？」フィデルマはまずそのように声をかけた。

マンホーンは真っ白な、染みひとつない前掛けを法衣の上に巻いていたが、それでも小麦粉の細かい粒が、はたきつけたように衣服のあちこちにこびりついていた。

「わたしはここで二年パン職人をしておりまして、さらにその前の三年間、つまり先代のパン職人でしたブラザー・トマルタッハが亡くなるまでは彼の助手をしていました」

「つまりあなたは、五年前に修道士見習いとしてここへ来たということですね？」

彼はぴょこんと首を縦に振ると、さらに口角をあげた。「そのとおりです、修道女殿」

「リルチのことはよくご存じでしたか？」

「ええ、それなりに知っていましたよ、なにしろ彼はここの料理長でしたからね。ブラザー・リルチも気の毒に」

「なぜそうおっしゃるのです？」

「なぜって、あんな死にかたをしたのですよ？　死はわたしたちみなに訪れるものですが、なにもあんなむごい死にかたで」若いパン職人は身震いをし、ひざまずいて祈りを捧げた。

「不慮の死というものは、いかなる場合においてもむごいものです」フィデルマも認めた。

「けれども、この厨房で働いている人たちの多くは、彼の死を悲しんではいないように見受けられますが」

ブラザー・マンホーンは、先ほどからずっと厨房の端にいるブラザー・ディアンのほうをちらりと見やった。

「むしろ喜んでいる者もいるでしょうね」彼は即答した。

「喜んでいる？」

「野心の問題ですよ、修道女殿」若者が返した。

「ブラザー・ディアンはいずれ料理長の座に就きたいという野心を抱いていた、ということですか？」

「そうであってもおかしくはないのでは？　二番手にいる者は一番をめざしてしかるべきです」

「野心が動機とはあまり考えていませんでした」

ブラザー・マンホーンは彼女をまじまじと見て、それから表情を歪めた。「要するに、リルチの性的指向のことをおっしゃっているわけですか？」

「あなたのご意見は？」

「人には好みというものがありますからね。〝クォド・キブス・エスト・アリイース・エスト・ウェネヌム（ある者にとっての食べものが、ある者にとっては毒となる）〟」

「殊勝なご意見ですが、ご同僚の中にはそれを受け入れないかたもいらっしゃるでしょう」

「トロブのことをおっしゃってるんですかね？　彼の原理主義など相手にするだけ無駄ですよ。しょせん負け犬の遠吠えです。あるいはどうですかね？　案外あれも、おのれの傾向を隠そうとしてやっていることかもしれませんよ、他人ばかりか自分に対しても」

「ですが普段からナイフを振るっている者ならば、人を刺すことにもためらいを感じないかもしれません」

ブラザー・マンホーンはしばし考えこんだ。

「修道女殿は、リルチがわたしたちの中の誰かに殺された、と本気で思っていらっしゃるのですか？　消え失せた鮭で腹を満たそうと思いついた渡りの労働者に、ではなく？　そもそも、庭の木戸は開いていて、閂も外されていたのでは？　渡りの労働者がそこから入ってきたのでしょう」

「あなたにはそれ以外の説明は思いつかない、ということですか？」フィデルマはやり返した。

若者は片手で顎をこすりながら、考えを巡らせた。

「思いつく説明ならいくらでもありますよ。確かにリルチを嫌っていた者はいました。ですがトロブだなんてあり得ません。ブラザー・ディアンが、リルチよりも自分のほうが腕のよい料理人であると思いこんだあげく、料理長の座を欲するあまり、彼に憎しみを抱いたにちがいありませんよ」

フィデルマは微笑んだ。「ですがブラザー・ディアンがいたのは厨房の反対側の端です。リルチが魚を調理していた場所までたどり着くには、彼は持ち場を離れて厨房を突っ切らなければなりませんでした。そのとおりにしていたならば、あなたかトロブが彼の姿を見ていたはずですし、そもそも、彼の隣で作業をしていたブラザー・ゲウスが気づかなかったはずがないでしょう」

「でもわたしの横を通り過ぎたのです。彼は確かに持ち場を離れていました」ブラザー・マンホーンは譲らなかった。

「それは、魚料理の支度ができているかどうかを確かめに行ったのです。そのときに彼は、魚とリルチが消え失せていることに気づきました」ある考えが浮かび、フィデルマは眉根を寄せた。「ディアンが通り過ぎるのをじっさいに見たのですか？」

ブラザー・マンホーンは頷いた。「わたしは下を向いて生地をこねていましたが、彼が作業台の横を通り過ぎていったのがわかりました」

「それから、リルチがいない、と彼がみなにいうまでにはどれくらい時間がありましたか？」

ブラザー・マンホーンはふと考えこんだ。

「作業台の横を彼が通り過ぎたのに気づいてから、しばらく間があって、それからばたんと扉の閉まる音がしたように思いました。それでわたしは顔をあげ、見通しのよい隅のほうへ行ったのです。するとブラザー・ディアンが勝手口のそばに立っていました。まるで激しく動いたあとのように、頬がやや上気して見えました。どうかしたのですか、と訊ねると、魚がない、ブラザー・リルチの姿も見えない、と彼がいったのです」

フィデルマはじっと考えた。「ありがとうございました、ブラザー・マンホーン」

彼女が近づいていくと、ブラザー・ゲウスは落ち着かなげに待っていた。

「さて、ブラザー・ゲウス」フィデルマはまず彼を、果物の皿を滞りなく給仕の手に渡すことにすっかり気を取られているブラザー・ディアンからは離れた、厨房の片隅へ引っ張っていった。

「僕の知っていることはありません、修道女殿」彼は不安げにいった。

フィデルマは苛立たしさにため息が出そうになるのを抑えた。彼女はこんろを指さした。ぶらさがった大釜の下では炎がはぜている。

「その炎の中に手を入れてもらえますか、ブラザー・ゲウス？」

ブラザー・ゲウスはぎょっとした表情を浮かべた。「いやですよ！」

「なぜです？」

「手を火傷《やけど》したくありません」

「つまり知っていることがなにもないわけではないのですね、ゲウス？」彼女はちくりといった。「少なくとも知っているではありませんか。炎に手を突っこんだら火傷する、ということを」

ブラザー・ゲウスは唖然として彼女を見つめた。

「私の質問に答える前に、自分が口にしている言葉の意味をよく考えてみることです」フィデルマは諭した。「一分の狂いもなく正確に答えていただかなくては困ります。あなたはここで働いてどのくらいになりますか？」

「この厨房に入って二年です」

「ブラザー・ディアンの助手を務めていますね？」

彼は訝しげな目つきでフィデルマを見つめながら、軽く頷いた。

「ブラザー・リルチのことはどのくらい知っていましたか？」

「あまりよくは知りませんでした。僕は……できるだけあの人を避けていたので。好きではありませんでした。その……」と口ごもる。

「彼があなたにいい寄ってきたからですか？」

若者は深いため息をついた。「この修道院に入ったばかりの頃のことです。そういう趣味はないんです、と彼にはいいました」

「ディアンがリルチを探しに行ったときには、あなたはここに立っていたのですね？」

「魚を探しに、です」ゲウスが正した。「給仕長が厨房に入ってきて、そろそろ〈感謝の祈り〉が始まるぞ、といったので、それでブラザー・ディアンが振り向いて、厨房の奥の、ブラザー・リルチが大事なお客さまのための魚を調理しているあたりに目をやったのですが、リルチがそこにいなかったので、それで彼が見に行ったんです」

「あなたはこの場に残っていたのですね？」

「僕は、夕刻にこの厨房に入ってからここを動いてません」

「ブラザー・ディアンとはかならず一緒でしたか？」

「ずっとというわけではありません。調理を始める前に、彼はブラザー・リルチと献立について相談しなければならなかったので、一度か二度、リルチやほかの料理人たちと話をしに行っていました」

そのとき食堂の扉がひらき、ラズローン院長が憂い顔で厨房に入ってきた。彼はフィデルマに近づいてきた。

「なにか知らせはないかと思ったのだが。魚泥棒が誰だったのか、答えは見つかったのかね?」

フィデルマはにんまりと、好奇心旺盛な悪戯《いたずら》っ子めいた微笑を浮かべた。

「魚泥棒の正体ならば、だいぶ前にわかりましたわ。それよりも、ちょうどよいときにいらしてくださいましたわね、院長殿」

彼女は振り向くと全員を呼び寄せた。料理人たちは待ちくたびれたように、こわごわとながら、いわれたとおりにフィデルマのまわりに集まった。

「誰がブラザー・リルチを殺したのかわかったのですか?」全員が抱いていた疑問を、ブラザー・ディアンが口にした。

フィデルマは、身がまえている彼らをさっと見わたした。

「ブラザー・マンホーン、前掛けを外していただけますか?」彼女はいった。

若い修道士はにわかに顔面蒼白となり、あとずさりはじめた。

ブラザー・トロブが彼を捕まえて前掛けを剝ぎ取った。染みひとつない白い前掛けの下の、ブラザー・マンホーンの法衣は血まみれだった。

ラズローン院長は戸惑っていた。「なぜブラザー・マンホーンが、リルチを殺害するなどという真似を？」

「その理由は、人間そのものの存在と同じくらい古くからあるものでした。嫉妬、すなわち愛情が憎悪に変わったのです。恋人に拒絶されたことによって生まれた、未熟で御しがたい怒りが引き起こしたできごとでした。マンホーンはリルチの恋人でしたが、リルチは新しくやってきた若い修道士見習いに心変わりし、彼を捨てて若い男に走ったのです。おそらくリルチは、関係を終わらせるときに相手を思いやるような上手な別れかたができなかったのでしょう。それでマンホーンは彼を殺害したというわけです」

若者は彼女の告発を黙って聞いていた。

「どこで気づいたのかね？」院長が訊ねた。

「ブラザー・マンホーンは、相手がそのとき厨房の中にいようといまいと、とにかく自分以外の者、とりわけブラザー・ディアンに非難の矛先を向けさせようと躍起になっていました。彼はあまりにも必死すぎたのです」

「しかしそれ以外にも決め手があったのでは？」ブラザー・ディアンが訊ねた。「なにか、彼が疑わしいと考えるきっかけになったことが」

「当然のことですが、ブラザー・マンホーンはリルチを殺害するのに最も適した場所にいました。全員がめいめいの作業に没頭している隙をつき、機会をものにしたのです。マンホーンはリルチに近づき、悲鳴をあげる暇も与えぬほど素早く彼を刺殺すると、死体を貯蔵室まで引きずっていきました。さらに偽《にせ》の手がかりをこしらえるために、普段は閉じていて閂のかかっている木戸を開けることまでやってのけたのです。木戸は開いていた、と彼は私に指摘してみせました。ですがその前に、木戸が開いていることに気づいたディアンが通用門を閉め直し、閂をかけていました。では木戸が開いていたことを、なぜマンホーンは知っていたのでしょう?」

「では魚を盗んだのも、偽の手がかりをこしらえるためだったというわけですか?」ブラザー・ディアンが訊ねた。

フィデルマは微笑み、かぶりを振った。「彼にそこまでの時間はありませんでした。違います。じつは、魚泥棒はほかにいたのです。その絶好の機会が訪れたのは、その邪魔となるリルチが魚のそばからいなくなったときのことでした」

「少々よいですかな」ラズローン院長が口を挟んだ。「なぜあなたがマンホーンを怪しいと踏んだのか、今もってよくわからぬのだが。彼がほかの者に罪をなすりつけようとしたという理由だけでは、よもやじゅうぶんとはいえますまい」

「おっしゃるとおりですわね、さすがですわ、院長殿」フィデルマは認めた。「私が気になったのは彼の前掛けでした」

「前掛けですと?」院長は眉根を寄せた。

「マンホーンは、自分はパンを焼いていたので殺人現場にはいなかったと私たちを欺こうとしました。じっさい、彼の衣服の至るところに小麦粉の細かい粉がこびりついていましたが、前掛けだけはまったく汚れておらず、染みひとつなくまっさらだったのです。パンを焼くときに身につけていた前掛けとは明らかに違うものでした。ではなぜ彼は前掛けを取り替えたのでしょう？　リルチが殺害されたとき、床には血が滴り落ちました。マンホーンの衣服、とりわけ白い前掛けにも返り血が飛び散ったにちがいありません。そこで貯蔵室で前掛けを取り替え、下に着ていた法衣にまで染みこんだ血痕を隠したのです。汚れひとつない真っ白な前掛けを見て怪しいと思っていたところへ、その彼が必死でほかの者に矛先を向けさせようとしているさまを目にして、やはり直感は正しかったと確信しました。木戸の件は単なる事実の裏づけにすぎません。これが決定的な証拠です」彼女はマンホーンの血まみれの法衣を身ぶりで示しつつ、いい添えた。

ラズローン院長は頷きながら、一連のできごとを思い返していた。そこでふと、途方に暮れたようにフィデルマを見やった。「だが、魚はどうなったのかね？　魚泥棒は結局誰だったのだ？」

シスター・フィデルマは勝手口まで歩いていくと、敷居の外に置かれた空のブリキの皿を指さした。

「先ほどこれに気づきました。ミルクを入れるのに使われているようです。つまり、この厨房によく顔を出す猫がいるのではないかと思うのですが、違いますか?」

ブラザー・ディアンがはっと息を呑んだのが、この推測が正しいことを告げていた。

フィデルマはにこやかに微笑んだ。「庭をくまなく調べれば、魚の残骸と、そのそばで、一生ぶんのご馳走を平らげて丸くなっている猫がきっとどこかにいるはずですよ。魚泥棒の正体は猫だったのです」

養い親

The Fosterer

「フィデルマ！　よくぞ来てくださった」

ブレホン〔裁判官〕のシュペーランの執務室に入ると、彼はなにやら頭を抱えているようすだった。この老裁判官とは古くからの知り合いで、このたびフィデルマは彼から呼び出しを受け、クリーンフイル、すなわち〝枯れた森の地〟まで馬を走らせてやってきたのだ。至急力添えをお願いしたい、と彼はことづけてきた。シュペーランは疲れの見えるおもざしに安堵の笑みをほころばせ、近づいてきて彼女を迎えた。

「どうなさいましたの、シュペーラン？」フィデルマは気遣うように訊《たず》ねた。身体の具合が悪いようすはなく、それは本人もはっきりと否定した。

「いやはや、驚かせるつもりはなかったのだ、フィデルマ」彼はすまなそうにいった。「午前中に、ある案件の審理の予定が入っているのだがね。〈放任による死亡事故〉なのだが、じつは儂《わし》に、隣の領地で起こった親族殺害事件の審理を担当するよう急な呼び出しがかかってしまってな。その親族殺しには高位の聖職者が関わっているとあって、なにを置いても駆けつけぬわけにはいかぬのだ。すぐにでも出発せねばならないが、〈放任による死亡事故〉のほうも、すでにここへ証人を集めてしまった。今さら審理を取りやめるわけにもいかぬゆえ、申しわけないがこうして声をかけさせていただいたわけだ」

フィデルマは皮肉っぽい笑みを浮かべた。

「その〈放任による死亡事故〉の審理を私に担当せよと？」

「資格はお持ちのはずだ」それこそが決め手だといわんばかりに、老ブレホンはいった。

彼女は同意のしるしに頷いた。アンルー〔上位弁護士〕、すなわち法廷において授けられる最高位の資格に次ぐ高位資格を持つ彼女は、裁判によってはみずから判決をくだすこともあった。だがドーリィーとしての彼女のおもな職務は、被告人を起訴あるいは弁護することと、さらに多くの場合、上級裁判所に提示するための情報を集めることであった。

「もちろんお引き受けいたしますわ。〈放任による死亡事故〉ですか？　詳しく聞かせていただけます？」

「訴えを起こしているのは、〈養育制度《フォスタレッジ》〉(1)に基づいて養い先に預けていた息子に死なれた父親だ。儂はそれしか聞いておらぬが、こうした案件はえてして単純なものが多い。『カイン・イアラ〔養育制度に関する定め〕』の写本があるから、要り用であればお使いになるとよい」

フィデルマは軽く首を傾けて感謝の念をあらわした。

「助かります、シュペーラン。〈養育制度〉に関する法律はおおよそ頭に入っていますが、詳細な部分については見直す必要が出てくるかもしれませんので」

老裁判官は自分の机に近づくと、いかにも読みこんだようすの写本を手に取り、彼女に渡した。早く出発したいとみえ、きまり悪げにちらりと彼女を見やる。

「代役を務めてもらって心から感謝する、フィデルマ。儂はもう出かけねば。書記はブラザー・コラブという。彼を残していくので、助言や意見が必要なときには訊ねるとよい」

裁判官は片手をあげて挨拶をすると、フィデルマが入ってくる寸前まで荷づくりをしていた革製の肩掛け鞄を抱え、部屋を出ていった。

フィデルマはしばらく佇《たたず》んだまま、面白がっているようなかすかな笑みを浮かべ、閉じた扉を見つめていた。ブレホンのシュペーランは考える暇すら与えてくれなかったので、間違った選択肢のほうへ否応なく進まされているのでなければよいが、とふと思った。老裁判官が手に押しつけていった法律書に視線を落とし、彼女は深いため息をついた。〈養育制度〉について、自分には実質どれだけの知識があるだろう?　フィデルマは、ブレホンのシュペーランが去って空席となった机の前の椅子に腰をおろし、本を目の前に置いた。

アルトラム――〈養育制度〉――は、アイルランド五王国において社会の要をなす制度であり、はるか昔から、あらゆる社会階級で実践されてきた。子どもは預け先の家庭で育てられて教育を受け、その責任を引き受けた者が子どもの養い親となった。通例、子どもは七歳で〈養育〉に出され、少女は十四歳、少年は十七歳、すなわち〈選択の年齢〉に達したとみなされればその期間を終えた。

〈養育制度〉には〈好意の養育〉と〈契約による養育〉の二種類があった。王の子息が〈養育〉に出される先は他国の王家であった。確か、かつて大王《ハイ・キング》(2)"イー・ネールのコン・ケイチカハッハ"の子息ルガッドも、モアン王国(3)のオーガナハト家(4)のアリール・オルム王のもとで育てられ、教育を受けたのではなかったか？〈養育制度〉により、家と家の繋がりは強固となった。〈養育〉によって生まれた関係は神聖なものとみなされ、養い子にとって、血を分けた者たちよりもむしろ養い親との関わりのほうが深い場合も多かった。武人が養父や義兄弟の命を救うためにみずからの命をなげうつこともさほど珍しくはなかった。

これは幼い頃から聞かされてきた話だが、フィデルマが誕生した翌年に起こったマグ・ラーの戦い(5)において、大王ドムナル・マク・エイドゥは、彼に対して謀叛を起こしたかつての養い子、ウラー国王コンガル・ケイハの身を敵ながら案じていたという。コンガルには養父の王位を簒奪《さんだつ》しようという目論見があったものの、この養父と養い子はたがいに愛情を抱いており、のちにコンガルが斃《たお》されたさい、ドムナルはみずからが戦《いくさ》に敗れたかのごとく嘆き悲しんだそうだ。

〈養育制度〉に関する法律は詳細にわたり記されていた。

しばらくの間、フィデルマはそれに目を通していたが、やがてふと、かなり時間を使ってしまったことに気づいた。彼女は片手を伸ばして銀製のちいさな呼び鈴を取り、振って鳴らした。呼び出しに応えてすぐさま扉がひらき、細面で猫背の修道士が小走りに部屋へ入ってきて、彼女の目の前に立った。

ブラザー・コラブは、長年にわたり**ブレホン**のシュペーランの書記を務めていた。愛想のよい男ではないが、彼がみずからの職務をじゅうぶんにわきまえており、そうした資格を持つほかの大勢の者にも引けを取らぬほど、法律を熟知した者であることはフィデルマも知っていた。

「**ブレホン**のシュペーランが留守をなさる間、〈放任による死亡事故〉の審理を私がするよう申しつかっているのですが、そのことは聞いておいでですか?」彼女は切りだした。

細面の男はちょこんと頭をさげた。その素早い動作は雀《すずめ》を思わせた。

「伺っておりますとも、姫様」ブラザー・コラブは、彼女の宗教上の肩書には触れず、モアン国王コルグーの妹君として呼びかけるほうを好んだ。

「〈養育制度〉のもとでの死亡事故だとのことですが、原告はどういった人物ですか?」

「亡くなった子どもの父親のフェホーです。鍛冶屋をしています」

「被告人は?」

「コーラという車大工、つまり荷馬車をつくる職人です、姫様」

「審理のおこなわれる大広間にはふたりとも来ていますか? 証人も揃っていますか?」

「はい。それぞれについてわたしから詳しく説明いたしましょうか?」

フィデルマはかぶりを振った。

「先入観はいっさい持ちたくありません、ブラザー・コラブ。証人たちの口から直接話を聞いて、審理を進めつつ、私なりの分析をしたうえで判決をくだします」

「お望みのままに、姫様」

立ちあがって机をあとにすると、ブラザー・コラブが戸口に向かい、フィデルマが通り過ぎるまで扉を開けていてくれた。彼はその背後で素早く扉を閉めると、ふたたびフィデルマの先に立ち、審理の大広間へ案内した。

大勢の人々が集まっていた。それぞれの親類縁者を含む二家族——すなわち原告の一族と、被告人の一族だ。老いも若きもさまざまだった。ブラザー・コラブがフィデルマを連れて大広間に入り、一段高い壇上にある裁判官席へ案内すると、人々の間からひそひそと話し声が漏れたが、ブラザー・コラブが木製の杖で床を叩いて開廷の合図を告げ、大広間はたちまち静まり返った。フィデルマはすでに写本を机に置き、席についていた。待ちわびたような表情を浮かべてこちらを注目しているいくつもの顔を見わたしてから、彼女はゆっくりと話しはじめた。

「〝キャシェルのフィデルマ〟と申します」彼女は名乗った。「ブレホンのシュペーランが不在ゆえ、この件は私が審理を担当いたします。どなたか異論はありますか？」

沈黙が漂い、彼女は形ばかりの笑みを浮かべた。

「〝グィー・タケト・コンセンティート〟(沈黙は同意とみなす)」彼女は朗々といった。「原告、あるいは原告のドーリィーは前に出て、告訴内容を述べてください」

鍛冶屋らしからぬいでたち――革の胴着《ジャーキン》に革ズボン――の、小柄だが筋肉質の黒髪の男が、おずおずと立ちあがって咳払いをした。

「俺らはクリーンフイルのしがない貧乏人ですんで」彼は話しはじめた。「十シェード[6]も払って、代理人をやってくれる弁護士殿を雇うなんぞとうてい無理なんですわ。つうわけで、自分で話さしてもらいます」

フィデルマは眉根を寄せた。

「あなたは鍛冶屋のフェホーですね？」肯定のしるしに彼が頷いたのを見て、彼女は続けた。「陳述を始める前に、ひとつ助言をしておきます。法的代理人に支払うだけの蓄えはないといいましたが、訴訟の結果しだいで起こり得ることについては認識していますか？　あなたの提訴が不当なものであると私が判断した場合、あなたは裁判費用、いわゆるオイレ・デック〔裁判官の報酬〕を負担せねばなりません。さらにあなたが、虚偽の証言により[7]被告人を罪なき罪に陥れようとしていることが明るみに出た場合には、あなたは罰金および賠償を支払うこととなります」

フェホーはフィデルマの前に立ったまま、唇を嚙みしめ、足をもぞもぞと動かした。

「それなら相談済みですわ」彼は親族たちを片手でぐるりと示した。「そういうことになったら援助してやる、ってみんながいってくれとります」

「その点を認識していただいているならば」フィデルマはいった。「私は、銀五オンスを担保としてこの法廷に預けることとなります。これは、与えられた判事としての義務を、私がしかるべく遂行することを保証するものです。私が義務を怠った場合には、これは没収となります。さらに、上級裁判所において、私の裁定が誤りであったとして判決が覆された場合には、私は一カマル(8)――すなわち乳牛三頭ぶんの罰金を科されることとなります」

本来はここまで説明してやる義務はなかったが、すがるような目でこちらを見つめている無学な人々の姿を前にして、すこしでも安心させてやろうという気になったのだ。

「被告人はいずこに?」

起立した男は、鍛冶屋のフェホーをまるごと写し取ったようにそっくりだったが、髪は玉蜀《とうもろ》黍《こし》のようなくすんだ黄色をしていた。フェホー同様、日灼けしていて頑丈そうな身体つきだ。

「コーラでさ。車大工をしとります」彼は落ち着かないようすで名乗った。

「よろしいですか、コーラ、私が先ほどフェホーにいったことはあなたにも当てはまります。あなたが有罪となれば、罰金と裁判費用を支払うのはあなたです。わかりましたか?」

「俺が有罪なもんかね、フェホーのやつが……」

「話はのちほど伺います」フィデルマは鋭い口調でさえぎった。「私は法律上の方針についてお話ししています。あなたの法的代理人はいないということでよろしいですね?」

「へえ」

「では、判決結果についての注意は先ほど述べましたが、あなたのフィネ〈血族〉には支払いの用意がありますか?」

「いんや、そんな心配は……」彼は不服そうに口をひらいた。

彼の隣にいた太った女が、彼の袖を引っ張り、声を張りあげた。「あたしら親族には支払う用意があるし、判決がこっちに不利だったときには控訴させてもらうよ」

「双方とも理解していただけているのならば結構です。車大工のコーラは、私の見たところ、工房を持つ熟練工ですから、法律に照らし合わせれば、彼の〈名誉の代価《オナー・プライス》〉[9]は最高位の裁判官をも凌ぐものとなります。二十シェードが妥当でしょう。そして、鍛冶屋のフェホーもまた同等の身分とみなされるため、〈名誉の代価〉は二十シェードでよろしいでしょう」

「そんなことはわかっとりまさ」コーラがぶっきらぼうに口を挟んだ。「そもそも〈名誉の代価〉がおんなじ額だったから、この〈養育制度〉の話がまとまったんですわ」

フィデルマはちいさくため息をつき、席へ戻るよう車大工に命じた。裁判を進行するうえでの作法を彼に説明したところで無駄だろう。

「あなたの主張を伺いましょう、フェホー。事実のみを知っているとおりに話し、聞いただけの話や、自分で証明できない話はしないでください」

鍛冶屋はそわそわと片手で髪を梳いた。

「せがれはエンダといって、七歳でした。あの子は殺されたんでさ」

「殺された？」フィデルマは目を剝いた。「〈放任による死亡事故〉ではなく？」

「俺も初めはそう思っとったんですが、タサッハが……」

フィデルマが片手をあげて彼をさえぎった。

「最初から伺いましょう。まず、エンダが〈養育制度〉によりコーラのもとへ預けられることとなったいきさつから話してください」

「車大工のコーラは、鍛冶仕事をよくうちに回してくれるお得意さんだったんですわ。うちの鍛冶場から見て、小山のてっぺんを越えた斜面のあたりに仕事場を持っとるんです。コーラのとこなら子どもも何人かいるし、荷馬車のこしらえかたを教わってる見習いもふたりいるんで、〈養育制度〉を使ってせがれを預けるにはうってつけだと思ったんでさ。てなわけで、ひと月前に相談がまとまったんですわ」

「その〈養育制度〉は〈好意の養育〉ですか、それとも〈契約による養育〉ですか？」

フェホーは肩をすくめた。

「さっきもいいましたがね、俺らは貧乏人なもんで、コーラにうちのせがれを〈養育〉してもらって車大工のやりかたを叩っこんでもらうかわりに、俺が無料《ただ》であいつの鍛冶仕事を全部引き受けるってことになったんでさ」

フィデルマは考えを巡らせつつ、頷いた。

「そして、その取り決めを交わしたのはひと月前のことなのですね？」

「そうでさ。そしたら一週間前、コーラが荷馬車を飛ばしてうちへやってきた。事故が起こった、うちのせがれのエンダが、近所の池に落ちて溺れちまった、って。可哀想に、うちのエンダは……」

男がふいに声を詰まらせた。

「ゆっくりで構いませんよ」フィデルマは優しく声をかけた。「なぜコーラの主張とは異なり、事故ではないと思いはじめたのか話してください」

「そのあたりのことはぼんやりとしか憶えてないんでさ。あんまりにも頭ん中が引っくり返っちまったもんで。女房もおんなじで、あれからすっかり塞ぎこんじまって、今も家で寝こんどります。なんせエンダはたったひとりの子どもだったんでさ。コーラが荷馬車に乗せてきたちっちゃなエンダの亡骸《なきがら》をこの手で抱きおろして、うちのボハーン〔小屋〕に運んだことは憶えとります。女房とふたり、亡骸の前に長いことすわりこんどりました。コーラは帰っていきよりました。そのあと俺の従弟《いとこ》のタサッハがやってきて、こういったんですわ……」

「ちょっと待ってください。そのタサッハというのは、あなたの従弟であることはわかりましたが、どういった人物ですか。この法廷には出席していますか?」

ずんぐりとした若い男が立ちあがった。

「わたしがタサッハです、〝博学なるブレホン殿〟。薬師《くすし》であり、フェホーの従弟でもあります」

「結構です。では、フェホーには証言を一時中断してもらい、そのときあなたがなんといったかを聞かせていただくこととしましょう」

若者は片手でフェホーを指し示した。

「家を訪ねたところ、従兄《いとこ》夫婦が、幼い息子のエンダの亡骸の前に膝をついてすわりこんでいました。ちいさな亡骸はテーブルの上に寝かされていました。ふたりとも、つまりフェホーも奥さんもひどく動揺していました。コーラに預けている最中に子どもが溺れ死んじまった、とフェホーはいっていました。それを聞いて、わたしは妙に思いました」

「妙に思った？　なぜです？」

「エンダは魚も顔負けというほど泳ぎが得意だったからです。幼いとはいえかなりのものでした。あの子が上流へ遡《さかのぼ》る鮭よろしく、ショウル川[10]の急流をかき分けていくのを見たこともあります」

「どれほど泳ぎが得意でも、事故に遭って溺死することはあります」フィデルマはいった。

「それはそうですが」タサッハが答えた。「コーラの家のそばの池で溺死したとなると、事故と一概にいってよいのかどうか」

「その池を見たことのあるような口ぶりですね？」

「このあたりは狭い集落ですから、〝博学なるブレホン殿〟。みなが知り合いで、誰もかれも、自分のボハーンを隅々まで知りつくしているのと同様に、みずからのクラン[11]〔氏族〕の住む土地のことはよく知っています」

「不審に思ったことをフェホーには話しましたか？」

「その場ではいいませんでした。わたしはエンダの遺体を調べました」

じつをいえばフィデルマはこのときまで、この申し立ては、両親がひとりきりの子どもの死を受け入れられず、悲嘆と苦痛に突き動かされて起こしたものではないかという推測を立てはじめていた。しかし、その場に薬師がいたとなれば話は別だ。フィデルマは薬師にじっくりと観察の目を向けた。

「それで、あなたは薬師として、検死の結果をどう見ましたか？」

「子どもは水に浸かっていたと思われましたが、後頭部には擦過傷があり、背後からなにか重いもので殴られたように深く抉《えぐ》れていました。おそらく石塊でしょう。子どもは落水する前に死亡していたとわたしは思います」

ざわめきはじめたコーラとその親族たちを静かにさせるのに、ブラザー・コラブは幾度も杖を叩きつけねばならなかった。

フィデルマは考えを巡らせながら、薬師をじっと見据えた。

「つまり、少年は殺害されたのだというのですね」

タサッハはしばし唇を噛みしめた。

「それはあなたがお決めになることです、〝博学なるブレホン殿〟。わたしにできるのは、気づいたことを報告することだけです。明らかなのは、少年が池に転落して溺死したのではないということです」

「フェホーはあなたのそうした所見を聞いて、このたびの訴えを起こしたのでしょうか？」

「それだけが理由とはかぎりませんが」

「そうなのですか？　ではほかにどういった理由が？」

「申しあげるまでもなく、わたしはフィネ、すなわちフェホーの血族のひとりですから、たとえ薬師であり、ディアン・ケヒト[12]の誓約を立てておのれの職業に対する誇りをけっして捨てぬと誓っていたとしても、わたしの発言には、われわれ二家族とは縁故のない者の言葉ほどの信頼が与えられることはありません」

フィデルマは驚いて薬師を見つめた。この男は明らかに、証言に関する法律を熟知している。

「では誰か、フェホーやコーラの親族とは縁故のない者によって、あらためてエンダの遺体の検分がなされたということですか？」

タサッハがちらりと振り返ると、その視線の先にいた、白髪を長く伸ばした年配の男が立ちあがった。

「おそれながら、〝博学なるブレホン殿〟、儂は薬師のニアルと申す。少年が後頭部に鋭い一撃を受けていたという点に関して、若き薬師仲間たるタサッハの所見のとおりであったと、儂が証言しよう」

フィデルマが唇を尖らせた。

「エンダの遺体がコーラの手で両親のもとへ運ばれてきたまさにそのときにかぎって、〝博学なる薬師殿〟がおふたりもその場に居合わせたとは、偶然にしてもじつに奇妙ではありませんか」

薬師のニアルは腹立たしげに鼻を鳴らした。

「居合わせたわけではない、〝博学なるブレホン殿〟、儂は呼ばれて行ったのだ。タサッハは賢明にも、フェホーや亡くなった子どもと自分との関係を鑑《かんが》み、また傷の性質に対する懸念を抱いたがゆえに、フェホーの鍛冶場へ儂を呼び寄せたのだ。儂が到着したのは一時間ほど経ってからのことであった。儂はクリーンフイルではそれなりに名が知れておるゆえ、今回の件に関わるいずれの家族とも縁故がないことは、このあたりの誰に訊ねても証明できよう」

フィデルマは考えをつい口に出してしまった自分を心の内で叱責し、きまり悪げにちいさく身じろぎをした。

「ではあなたの意見としても、ニアル、少年の頭部の傷は、溺れたこととは辻褄が合わないというのですね？」

驚いたことに、彼はかぶりを振った。

「タサッハと意見を同じくしているのではないのですか？」彼女は鋭い口調で問いただした。

ニアルは穏やかな笑みを浮かべた。

「われわれにできるのは、それぞれが知っていることを証言するのみだ。儂は、少年が水に浸かった時点ではすでに死亡していた、とするタサッハの医学的所見は正しいといったまで。死因は殴打を受けたことによるものであり、それによって深い裂傷を負ったばかりか、頭蓋骨も砕けていたというのにも同意する。だがそれが事故ゆえのものであったか否かについては、儂は意見を述べる立場にはない。その子どもが死んだとされる池がどのような場所であるかも儂は知らぬ。そこに岩はなかったのか？　水が波打って子どもが岩の上に投げ出されたのでは？　こうしたことは儂以外の者が考えるべきことだ」

フィデルマは椅子の肘掛けを無意識に指で叩きながら、深くすわり直した。

「結構です。フェホーの証言に戻ります」

鍛冶屋は立ちあがった。

「タサッハとニアルの証言を聞いていましたね？」

「へえ」

「〈放任による死亡事故〉としてコーラに対する訴えを起こしたのは、この証言に基づいてのことですか？　〈放任による死亡事故〉であって、殺人事件ではないのですね？」

フェホーは両手をひろげた。

「法律のことはまるっきりわかりませんや。コーラが、死んじまったうちのせがれを連れて帰ってきた、ってことのほかは、なにがあったかなんて知りゃしません。溺れ死んだんだってやつはいっとりました。ところが薬師らはそうじゃない、岩みたいなもんが頭に当たって死んだんだっていう。俺にできることといったらせいぜいこうやって疑問を口にすることくれえで、それに答えられるのはコーラだけでさ」

同意の呟きがそちらこちらであがった。

「ではこの件について、コーラに話を聞きましょう」

無愛想な車大工はゆっくりと立ちあがった。

「フェホーのいったとおりですわ。〈養育制度〉にしたがって、向こうの息子のエンダをうちで預かって、荷馬車のつくりかたを教える、ってことで話がついたんでさ。かわりに、うちで鍛冶仕事が要り用になったらフェホーが全部引き受けてくれるってえことで」

「では、エンダが死んだときのようすについて話してください。まず今回の件は、彼があなたの保護のもとにある最中に起こったことであるのは認めますね？」

「あの子が死んだのは、確かに養父の俺が預かってる最中に起こったできごとにはちげえねえが」コーラは認めた。「俺が放任してたとか、俺のおこないのせいでそうなった、ってわけじゃありませんや」

必死に考えをまとめようとしているのか、彼はふと黙りこんだ。

「午前中のことでしたわ。俺がふたりの弟子を連れて仕事場に行き、車輪に使う輻《や》（車輪の軸受からリムに向かって放射状に出ている細長い棒）の削り出しをやってる間、女房は洗濯をしてたんでさ。子どもら、ってのはうちの娘のウーナとファイフと息子のマインのことですがね、あいつらにはエンダのぼうずと一緒に一時間遊んでこいっていってあったんですわ。それで女房が洗濯を終えて、子どもらに読み書きを教えてやろうとしたときのことでさ」コーラがフェホーをちらりと見やった。「うちの子らと一緒に、エンダにも読み書きを教えてやるってのが、取り決めのうちのひとつだったんでね」

フィデルマは頷いた。

「〈養育〉のさい、そうした取り決めがなされることは慣習となっています。続けてください」

コーラは、肩をすくめるというほどでもないが、それに似たしぐさをしてみせた。

「そしたら一時間もしないうちに悲鳴が聞こえたんでさ。とたんに九歳の息子のマインが駆けこんできた。池でたいへんなことが起こった、エンダが落ちて溺れたんだ、と」

「落ちた?」フィデルマは鋭い口調で問いただした。「ということは、彼は泳いでいたのではないのですね?」

コーラはかぶりを振り、それを認めた。

「泳いでた子はおらんでした」

「池のようすについて話してください」

「うちから百メートルぐらい離れたとこにある池でさ。林の陰になっとりますが、ちっこくて、そんなに深い池じゃあねえです。ちっぽけな泉が湧いとりまして、うちの家畜らにもよくそこで水を飲ませとりますわ」

「だいたいの大きさはわかりますか？」

「まん丸で、直径四メートルってとこですかね。俺が歩いて入ってっても、胸まで水が来るかどうかってとこですわ」

「それからどうなりましたか？」

「俺が弟子らを引き連れて走ってくと、池の真ん中に子どもがうつ伏せに浮いとりました。慌てて池へ入ってって、あの子を岸へ引きあげたんですが、とうに息をしとりませんでした」

「なにがあったのか、マインから話を聞きましたか？」

コーラの表情が歪んだ。

「池のそばを歩いてたらエンダが浮かんでて、だから俺を呼びに来た、って息子はいっとりました」

「その場にはほかの子どもたち、つまりあなたの娘さんたちもいたのですか？」

彼はかぶりを振った。

「では、エンダはひとりでいるときに池に落ちたのですね？」

「知ってることを話せ、と子どもらにいったんですわ。すると、あいつらは池の向こう側にある森で、フォラホーン――つまり隠れんぼをして遊んでたっていうんでさ。ファイフの話じゃ、しばらくしてエンダが飽きちまって、ひとりでどっか行っちまったんだと。そのうちマインも飽きちまって、うちへ帰ろうとしたところでエンダを見つけたらしいんですわ。うちの子どもらが知ってたのはそんくらいで」

「そのあとは?」

「そのあと俺にできたことなんざ、ぼうずの亡骸を荷馬車に乗せて親父のとこへ連れ帰ることくれえでした。ほかになにができたっていうんですかね? あの子が死んじまったのは俺の責任じゃあねえです。ありゃあ事故でさ」

フィデルマは軽くため息をついた。

「もうひとつ聞かせてください、コーラ。その池のまわりに尖った岩はありましたか?」

車大工は即座にかぶりを振った。

「さっきもいいましたがね、あすこはうちの家畜にいつも水をやってる場所でしてね。まわりはぬかるみだし、池に向かって緩《ゆる》いくだり坂になっとるだけですわ」

「あなたが見つけたエンダは、服をすべて身につけたままだったのですね?」

「へえ」

「彼はどうやってそこまで来たと思いますか?」

「どうやって……? つうと……」コーラは黙りこみ、眉根を寄せた。

「彼がどのようにして池に転落したのか、考えてもみませんでしたか?」フィデルマは問い詰めた。「私がこう申しあげるのは、家畜が危なげなく水を飲めるような、緩いくだり坂に囲まれた池に子どもが転落するなんて妙だ、とあなた自身が思いはじめているように感じたからです」

「なんかを拾おうとして、足が滑って落ちたのかもしれんですし……」

「後頭部の傷はそのせいでついたとでも？」大広間の反対側からタサッハが皮肉を投げつけた。

「そうだとも、あの子は落ちたのさ。なにしろ悪さばっかりしてたんだからね。あのこそ泥の、嘘つきのぼうず！」長い沈黙を破り、コーラの隣にすわっていた女が突然立ちあがって怒りをぶちまけた。

フィデルマは険しい表情で彼女の目を見据え、騒ぎだしたフェホーの親族たちをブラザー・コラブが静まらせるのを待った。

「あなたは？」冷ややかな声で訊ねる。

「ドゥブレムナ、コーラの女房だよ」

「今回の件に関わりのあることで、エンダについて話すことがありますか？」

「あの子が死んだときのことは、あたしゃいっさい知らないよ。だけど、エンダがなんの罪もない可愛いぼうやだったなんて思ってもらっちゃ困るね」

腹に据えかねたとばかりのそのようすに、フィデルマは驚いて片眉をあげた。

「理由を詳しく聞かせてもらえますか」

「〈養育制度〉で預かることになったのはいいけど、まったくわがままなうえに行儀の悪い子でね。あの子が台所からこっそり卵を盗んでた、ってうちのファイフから聞いたよ。隣の家の巣箱からも蜂蜜を盗んでたってあとからわかった。だからフェホーのところへ帰すか、それでなけりゃもっと厳しく躾《しつ》けるべきだ、って亭主にいったんだけどね」

フェホーが腰を浮かせかけた。

「せがれはこそ泥なんかじゃねえ。嘘っぱちだ」

「嘘なもんかね！」ドゥブレムナが同じ勢いでいい返した。「なんであたしがこの話をしてると思うのさ。あの子を放任してたのはあたしたちじゃないってことだよ。まったく、預かる前に親をよく見とくべきだったね」

二家族が怒りと侮辱の言葉をぶつけ合いはじめ、ブラザー・コラブは書記の手を止めて、ふたたび彼らを静まらせねばならぬはめになった。

「それ以上騒ぎ立てれば、全員に、この法廷に対する罰金を科します」フィデルマは静かにいいわたすと、フェホーに向き直った。

「〈養育制度〉によって預けられる以前に、息子さんが問題を起こしたことはありましたか？正直に答えてください。隠しても、のちほどあなた自身が損をするだけですよ」

フェホーはかぶりを振った。

「むろん正直に話しまさ、ブレホン殿」彼は意気込んで、きっぱりといいきった。「せがれはいい子でした。クリーンフイルの連中になら誰にでも訊《き》いてみなさるがいい、ただしあの女は別だがね」と、コーラの妻のほうへくいと頭を傾ける。

名指しされたそのドゥブレムナに、フィデルマは向き直った。

「エンダが卵を盗んでいた、とお子さんのファイフから聞いたといいましたね？　それはいつのことですか？」

「あの子が池に落ちる前の日のことさ」自信たっぷりという口調だ。

「その卵は見つかりましたか？」

「ファイフが卵を持ってたもんでね。それをあたしが見とがめて、なんでそんなものを持ってるんだい、って訊いたんだ。そしたらエンダが盗んでたのを取り返してきた、っていうじゃないか。ただちに躾《しつけ》が必要だ、って思ったね。鞭打ちでもしてやりゃあだいぶ懲《こ》りただろうに」

「聞き捨てなりませんね」フィデルマは鋭い口調でいった。「〈養育制度〉において、体罰はいっさい禁じられています。〝〈養育制度〉に痣《あざ》はあってはならぬ〟と法にも定められています。さらにこの証人に関していえば、今のところ、いいがかりと、証拠にもならぬ証拠を口にしているだけです」

ドゥブレムナの顔が怒りで真っ赤になった。

「証拠がない、だって？　じゃあこれならどうだい……？　その日のうちに、隣の旦那がうちへやってきて、何週間か前から――ちょうど、エンダがうちに養い子としてやってきた頃さ――巣箱の中の、蜂蜜つきの巣板がこれまでに何度かむしり取られてる、って話してったんだ。といってもうちに文句をいいにきたわけじゃなくて、うちでもなんか盗まれてないかって心配してくれたんだけどね。そしたらあの子が死んだあと、持ちものを片づけてやってたら、あの子の私物が入ってた小箱に、巣板のかけらが入ってるじゃないか。これなら証拠としてじゅうぶんだろう?」

ブラザー・コラブがさらりと見解を述べた。

「養い子の犯した罪は義父が責任を負うものとされている。厳密にいえば、これらの窃盗《せっとう》に関してその少年が有罪である場合、その賠償の支払いはコーラに対して求められ……」

法廷での礼儀作法をないがしろにしたブラザー・コラブに対し、フィデルマが叱責の言葉を投げかけるより早く、薬師のタサッハが、興奮した表情を浮かべて立ちあがった。

「なるほど！　かの哀れな少年は、隣人の巣箱から蜂蜜を盗んだ罪に対する責任を逃れようとしたコーラの手で溺死させられたのだな」

ふたたびあがりはじめた怒りのざわめきを静めようと、フィデルマは片手をあげた。

ブラザー・コラブも杖で床を強く叩いた。

「これが二度めの警告であり、最後の警告です。次は、ここにいる全員に、法廷侮辱罪により一名につき一スクラパル[13]の罰金を科すことといたします。今一度思いだしていただきましょう」フィデルマは厳しくいいわたした。「ここは法廷です。証言をおこなうにあたり、目下私は、あなたがたに最大限の自由をさしあげています。順序を守らず発言する者ですら容認しております」冷ややかな目つきで一瞥され、ブラザー・コラブが面目なさげに顔を赤らめた。審理の椅子についているブレホンの目の前で、書記ごときが法律に関する講釈を垂れるのは不相応そのものだった。「ただし、この大広間の外側で法律として定められていることは、この室内においても同じく法律として遵守されねばなりません。たった今あなたが口にしたような主張は、タサッハ、あなた自身に証拠を提出する用意がないかぎり、けっして許容することのできぬものです。証拠なしに告発をおこなうことは禁じられています」

薬師は無言だったが、おもざしには怒りがにじんでいた。

かたわらにいたブラザー・コラブが控えめな咳払いをし、屈みこむと彼女の耳もとでいった。

「恐れ入りますが、姫様、あなたがどうお進めになるおつもりかわたしには測りかねますが、少年の死は放任によるものだったという証拠も、犯罪行為によるものだったという証拠もいまだ聞き出せていないのではございませんか。その点をおっしゃるべきでは？」

フィデルマは、苛立たしげに彼をぎろりと睨《ね》めつけた。

「私とて自分の義務くらい心得ております、ブラザー・コラブ。まだ全員の証言を聞いたわけではありません」彼女がぴしゃりというと、書記はまばたきをして引きさがった。

彼女は法廷に集まった人々に視線を戻した。みな身がまえるように静まり返っている。

「こうなりますと、生きているエンダを最後に見た三人に話を聞かねばなりません……子どもたち、すなわちファイフとウーナとマインをこの法廷へ呼んでください」

人々がざわめいた。ブラザー・コラブが前へ歩み出てくるのがフィデルマにもわかった。異議を唱えんとする彼を片手で制しようとしたが、それでもコラブは黙らなかった。

「十四歳以下の子どもには法的責任もなければ、個人として法的行為をおこなう権利もありません。つまり、仰せの子どもたちは証人として宣誓することも不可能ならば、陳述に大人のものと同等の信憑性を与えることもできないのです。フィアドゥ〔証人〕は宣誓を済ませて初めて、みずからの見聞きしたことのみを証拠として示す権利を得ます。証人がじっさいにその目で見たものごとでなくては、証言は無効です。今回の件に関しては、ここまでさまざまな推論がなされ、起こったと思われるできごとや、まず起こったとは思えぬできごとがいくつか明らかとなりました。ですがこれらは、厳密な意味では証拠とはいえぬと申しあげねばなりません。とはいえ、法律上は、目撃者による直接的証拠のみならず、有罪に結びつくと思われるものごと、すなわち被疑者によっておこなわれた犯罪行為とおぼしきふるまいといったものを、証拠として判決に組みこむことも認められてはおりますが」

厚かましく話しつづける彼に対し、フィデルマは怒りを抑えつつ、いった。

「その件については、私とて法律は熟知しております」硬い声だった。「あなたが判事の資格を持っているのならば別ですが……」彼女はそこでいいやめ、辛辣《しんらつ》な言葉を呑みこんだ。

「……ともかく前例があり、先ほど名前をあげた三人の子どもたちに訊問をする権利が、私にはあるのです」

ブラザー・コラブは顔を赤らめ、思わず一歩あとずさった。

「わたしはただ……」

「ブレホンのシュペーランがあなたに対し、書記としていかなる自由裁量を与えていらっしゃるのかは存じません。ですが私の法廷には判事はひとりだけです。それは憶えておいてください、ブラザー・コラブ」そう申しわたすと、彼女は人々に向き直った。「かつて、幼い子どもは宣誓せずともよいとされ、その証言が考慮すべきものとして認められた判例があります。裁判前夜、家畜が盗まれて食べられてしまったという訴えでした。そこで子どもに対する訊問がおこなわれました。『ゆうべはなにを食べた？』と。彼の返答は、疑惑を確実なものとする証言として、考慮に値すると認められました。こちらのブラザー・コラブには、今回の訴訟記録を作成するさいに、この判例を併記していただきたいので、のちほど資料を提示いたします。子どもたちはここへ連れてきていますか？」

「へえ」ややあって、車大工のコーラがいった。

「では、マインを私の隣にすわらせて、話をさせてください」

幼い少年が、のろのろと足を引きずるようにして壇上へあがってくると、ブラザー・コラブが椅子を示した。

フィデルマは子どもを安心させようと笑みを向けた。

「それでは、マイン、可哀想なエンダを見つけたときのことだけれど、それはびっくりしたことでしょうね」

少年はゆっくりと頷いた。

「エンダのことは好きでしたか？」

訊かれたマインは驚いた表情を浮かべ、しばらく考えこんだあと、ようやく口をひらいた。

「嫌いじゃなかったよ」素っ気ない答えだった。「だって僕のコウルタ〔義弟〕だったし」

「義弟《おとうと》ができて、どう思いましたか？」

「女のきょうだいはふたりもいるからさ。コウルタができてよかったって思ってた」

「そうでしょうね」フィデルマはいった。「エンダは、あなたたち家族……たとえば、その女のきょうだいには好かれていましたか？」

「あのふたりはどっちみち男が嫌いなんだ。だから僕はコウルタができて嬉しかった。父さんのお弟子さんたちは歳上すぎて、遊んでなんてくれないし。あのふたり、仕事のことと村のちょっと足りない女の子たちのことにしか興味ないんだ。一緒にダンスに行くんだってさ！　ダンス！　うえっ！」いいながら、少年は身震いしてみせた。

「つまり、エンダと仲良しだったのはあなただけだったのですね」

「たぶんね。僕よりふたつ歳下だったけど」

「けれども好きでしたか？」

「まあね」

「あなたのお父さんとお母さんは、エンダにどのように接していましたか？　だめです、ふたりを見てはいけません、マイン。私のほうを見てください」コーラとその妻が席から立ちあがりかけたのを見て、フィデルマは慌てていい添えた。彼女は少年の両親をちらりと見やると、いった。「私が証人に訊問をおこなっている間は静粛にお願いします」そして少年に向き直り、繰り返した。「お父さんとお母さんは、エンダにどのように接していましたか？」

マインは肩をすくめた。

「父さんは、大工仕事なんかを教えてくれるとき以外は、あんまり僕たちには構わなかった。母さんは文句ばっかりいってた。エンダは母さんのことが好きじゃなかっただろうけど、それはしょうがないしさ」

「お母さんは、あなたのやることなすことにも文句をいうのですか？」

マインは肩をすくめた。

「僕とか姉さんとか妹にはそれほどってわけじゃないけど、エンダに対してはね」

「ところで、あなたが死体を見つけた朝のことですが、そのときは四人で一緒に遊んでいたそうですね？」

少年は床を蹴った。

「そうしようってファイフがいうからさ。ファイフは姉さんだから……ほら、姉さんってそういうもんだろ」

フィデルマは優しい笑みを浮かべた。

「そういうもの、とは？」

「いばってる、ってことさ」

「つまり、ファイフがそうしようといったから、全員で遊びに行ったのですね？　なにをして遊びましたか？」

「隠れんぼしてた。森の中で。でもつまんなかった。だって、女って隠れるのが下手くそだからさ。結局エンダも飽きちゃって、先に帰るっていいだしたんだ」

「でもあなたは残っていたのですね？」

「しばらくはね。次はファイフが隠れる番だったんだけど、見つけるまでに時間がかかっちゃったんだ。そのときにかぎって隠れるのがうまくってさ。エンダのことがなかったら、母さんにしこたま怒られてたはずだよ」

「怒られてた？　なぜですか？」

「ファイフは茂みの下に隠れてたんだけど、びしょ濡れで泥だらけだったんだ。服まで泥んこでさ。母さんにうんと鞭打ちされなくてすんだのは……ほら、だから」

「それであなたはどうしましたか？」

「もう一回隠れんぼしようってファイフにいわれたけど、僕もエンダとおんなじで、すっかり飽きちゃってたから、エンダを探しに行くことにした」

「池でエンダを見つけたのはそのときですね？」

少年はすぐさま頷いた。

「エンダが池の真ん中に浮いてて、それで、急いで父さんを呼びに行ったんだ」

「あとふたつ訊きたいことがあります。あなたたちが遊んでいた場所と、池とはどのくらい離れていましたか？」

少年は眉根を寄せた。

「それほど遠くじゃなかったよ」

「卵が盗まれたのは知っていましたか？」

マインは即座に頷いた。

「卵を盗んだのはおまえだろうといわれて、エンダはなんといっていましたか？」

「盗んでない、っていってた。どうせファイフとウーナのつくり話にきまってる、あのふたりには嫌われてるからね、って。母さんは、ぶん殴って躾しろって父さんをたきつけてたけど、それはできないから、エンダの父さんに話してみるって父さんはいってた」

フィデルマはマインに戻るよう告げ、ウーナを前へ呼んだ。

八歳のウーナはもの怖じしているようすだった。

「あなたはエンダが好きでしたか？」フィデルマは訊ねた。

「あんまり。だって男の子って乱暴なんだもん。なんで一緒に住むのって思ったし、それに……」

フィデルマは鋭い口調で彼女を問い詰めた。

「それに——なんです?」

「こ、こそどろなのよ。母さんがそういってたもん。泥棒には罰《ばち》が当たるんだって。だからエンダは池で溺れちゃったのよ。きっと神様がそうなさったんだわ。母さんがいってたもん」

「でも盗んでいない、とエンダはいっていたのですよ」

「そりゃあそうでしょ? エンダは嘘つきだもん。母さんがそういってた」

「あなたは、お母さんのいうことならなんでも信じるのですか?」

「だって母さんだもん」少女は素直に答えた。フィデルマは彼女を席へ戻らせた。

十一歳のファイフは大人ぶって、しかつめらしい表情を浮かべていた。フィデルマが最初の質問を投げかけると、少女は考えこむように眉をひそめた。

「別に嫌いじゃなかったわ」

「彼が泥棒だと知ったあともですか?」

少女は鼻を鳴らした。

「あの子が悪さしてるのは知ってたわ。卵が盗まれた、って母さんに教えたのはあたしだもの」

「彼は卵を盗んだことを認めましたか?」

「卵を持ってるところをあたしに見られたんだもの。やってないなんていわせないわ」

「彼はなぜ台所から卵を盗んだのだと思いますか?」

ファイフは眉根を寄せた。

「知らないわ」

「彼はあなたの家族と一緒に暮らしていて、あなたの家族から食事をもらっていたはずです。なのにどうして卵を?」

少女は、別にたいしたことじゃない、あるいはどうでもいいといわんばかりに肩をすくめてみせた。

「あたしはエンダじゃないからわからないわ」

「彼が卵を盗んだと、なぜそれほど自信を持っていえるのです?」

「だって事実だもの、さっきからいってるでしょ?」彼女が嚙みついた。

「ですが、なぜそうだとわかったのです?」少女のものいいに動じることなく、フィデルマは問い詰めた。

「だってあの子が卵を持ってたから」

「どういうことですか?」

少女はふと口ごもり、やがて慌てて頷いた。

「あたしが、エンダと弟と父さんのお弟子さんたちが寝てる部屋に行ったときのことだったわ」

「なぜそこへ行ったのです?」フィデルマの鋭い声が割って入った。

少女はもの怖じせずに、いった。

「母さんに読み書きを教わる時間になったから、エンダを探しに行ったのよ」

「それから?」

「そしたらエンダが寝床で卵を抱えてたの。毎朝、雌鶏小屋に行って卵を集めてくるのはあたしの仕事なのよ。だからあのときエンダが盗んだのも、朝にあたしが取ってきて台所に置いといた卵に間違いないわ」

「どこから卵を持ってきたのか、彼に訊ねましたか?」

少女はくすくすと笑い声をたてた。

「寝床の下にあった、ですって。もちろん誰も信じやしなかったけど。しょうがないから、あたしが預かってもとに戻しといたげる、っていってやったわ」

「そしてそのとおりにしましたか?」

「ちょうどそのとき、台所に母さんが入ってきたの。エンダはさっさとどっかに行っちゃってたわ。その卵をどうしようってんだい、って母さんに訊かれたから、正直に話すしかなかったのよ。だって知らんぷりってわけにいかないでしょ?」

ファイフの真剣な表情を見て、フィデルマは深くため息をついた。

「お母さんはなんといっていましたか?」

「父さんが帰ってきたら、お仕置きにうんとぶちのめしてもらわなきゃならないね、って」

「お父さんはそのとおりにしましたか?」

ファイフは不満げに唇を尖らせた。

「エンダを痛めつけることは禁じられてる、ですって。あたしたちはいけないことをしたらぶたれるのに、なんでエンダはだめなのよ?」

「どんなふうにぶたれるのですか?」

「母さんは、あたしたちの脚の裏側を、いつも鞭でぶつの」

「戻って構いません、ファイフ」フィデルマは静かにいいわたした。ふと考えこむ。彼女の知るかぎり、この件については法の上でも明確に定められており、それは養い子だけに限られたものではない。子どもへの体罰は、お仕置きとして平手打ちを一回、それ以上は認められていない。あえてその点を指摘するべきかどうか、彼女は迷った。だがとりあえず判決までは持ち越すことにした。

「蜂蜜を盗まれたという隣人はここに来ていますか?」ファイフが席に戻ると、彼女は訊ねた。

「盗まれたのは俺んとこの蜂蜜だ」血色の悪い、痩せた男が席から立ちあがった。革の継ぎ当てのついた毛織のズボンを穿き、半袖の上着にブーツといういでたちだ。「メルといいまさ。コーラとドゥブレムナの隣に住んどります」

「蜂を飼っているのですか?」

「心配はいらんです」男はにっと笑った。「ベッヒ・ブレハ〔蜂に関する法律〕ならよう く知っとりますし、うちのまわりの四軒とも、ちゃあんと必要な取り決めをして、うちの巣箱から蜂の群れが飛んでっても、不法侵入にあたらないって保証をもらっとりますんで。けんどコーラには、自分で蜂を飼うつもりがないってことで、うちの巣箱から、蜂蜜つきの巣板を良心的な値段で譲ることになってましてね。要は、こっちは法律をちゃんと知ったうえで、それをきちんと守っとるってわけでさ」

フィデルマは真面目な顔つきで農夫を見据えた。

「結構なことです。巣箱から蜂蜜つきの巣板がむしり取られていることには、あなたが気づいたそうですね？」

「おっしゃるとおりでさ。何週間か前に巣板が欠けてるのに気がついたもんだから、隣近所にも、どうやらここいらに泥棒がいるみたいだ、って注意してまわったんでさ。ところが一回になくなるのはたったひとかたまりで、しかもせいぜい数日おきなんですわ。ずいぶんとしみったれたもんでさ。そいで、つい何日か前、その――エンダとかいう――子どもが溺れ死んじまったあとのことですがね、ドゥブレムナから、その子の持ちものの中から巣板のかけらが見つかった、って聞いたんですわ。むろん、その子のやったことでお隣さんを訴えようなんざ思っとらんですよ、たとえコーラがアチェ――養父だったとしても」

フィデルマは心の中で長いため息をついたあと、蜂飼いを席へ戻らせた。そしてしばらく考えこんでいた。

「しばらく休廷といたします」彼女がふいに告げた。「全容を可能なかぎり把握するべく、私は、少年が死亡した現場をこの目で確かめてまいります」

一時間弱というところでコーラの家に到着した。フェホー、タサッハ、ニアル、コーラ、ドゥブレムナと子どもたち、さらにメルも、シスター・フィデルマとブラザー・コラブに同行した。フィデルマの希望により、一行はエンダが発見された池へ直行した。池は、コーラの家のある方角からは、榛《はん》の木《き》のちいさな林の陰になっていて見えない場所にあった。フィデルマがずんずんと前へ進んでいき、池のまわりを入念に調べるのを、人々は遠巻きに眺めていた。すべてコーラの説明どおりだった。岸がこうして緩いくだり坂となっていれば、かの少年がうっかり転落してしまったというのも考えられぬことではない、とまもなくフィデルマにも見て取れた。彼女は池のまわりを何周か歩いてみて、タサッハとニアルが述べていたような傷の原因になり得る岩や石といったものがないか、じっくりと調べてまわった。

彼女は振り向くと、マインを手招きして呼んだ。

「あの朝、どのあたりで遊んでいたのか教えてもらえますか」彼女はいった。

少年は林の奥にある、さらにひろびろとした森を指さした。

「あの場所に間違いありませんか?」彼女は念を押した。

少年は彼女を森へ案内した。木々が密集しており、数メートル離れただけでじゅうぶんに身を隠せそうだ。このあたりの地面はひじょうに硬く、石だらけであることにフィデルマは気づいた。ひらけた場所では、大きな岩が地面からいくつも顔を出している。エンダが頭をぶつけた石をこの中から探し出そうというのはどだい無理な話だった。フィデルマは少年を振り向いた。

「もう一度だけ聞かせてください、マイン、このことはきちんと確かめておきたいのです……あなたたちがここで遊んでいて、エンダが飽きてしまったときのことです。エンダはここからいなくなってしまったのですね」

少年は頷いた。

「そのあと、あなたたちは三人とも、あなたが飽きてしまってエンダのあとを追いかけるまで、ずっと隠れんぼをしていたのですね？」

「うん」

「それがどのくらいの間だったか憶えていますか？」子どもには大人と同じような時間の感覚などないことは承知の上で、さほど期待はせずに訊ねてみた。

「けっこう長い時間だったと思うよ。ファイフがもう一回やろうっていうから、また隠れんぼしてたんだ。そしたらファイフがなかなか見つからなくって。だから僕も飽きちゃってさ。鬼をやってた僕にさっさと見つかっちゃったもんだから、ウーナまで、お姉ちゃんはとっくに家に帰っちゃったんだわ、なんていうしさ。それで、ふたりでファイフを探しに行ったんだ」

「けれどもファイフはまだいたのですね、茂みの下に？」

「うん」

「その茂みというのはこの近くですか?」

「あそこの大きな茂みの下だよ」彼が指さした。

フィデルマは進み出て、その場所に素早く目を走らせた。

マインに連れられて戻ると、ほかの者たちはまだ池のかたわらで待っていた。手がかりになりそうなものはこれ以上なさそうだった。フィデルマは、待ちわびるような表情の人々を見わたした。

「この件に関しては判決を保留といたします。本日より七日後に、あらためて判決を申しわたします」

憔悴《しょうすい》した、複雑な表情を気取《けど》られるまいと、彼女は慌ただしくその場をあとにした。


三日後、ブレホンのシュペーランの部屋で、彼女は暖炉の前の椅子にすわっていた。老裁判官はその向かい側に腰をおろし、温めた葡萄酒《ぶどうしゅ》をちびりちびりとやっていた。たった今、このたびの件の全容について、フィデルマが詳しく語り終えたところだった。

「難儀であったな、フィデルマ」老裁判官はため息をついた。「今回のように、起こったできごとは明白でありながら、犯人の断定には証拠が不充分だなどということはそうあるわけではないのだが」

「巡り合わせが悪かったのですわ」彼女は認めた。「可哀想なエンダぼうやの周囲は敵だらけで、まさしくその敵意によって彼は命を奪われてしまいました。これは〈放任による死亡事故〉ではなく、殺人だったのです。コーラは彼のことをただの取引の条件と考えていて、鍛冶仕事をフェホーに頼めさえすればよいと割り切っていました。コーラの妻のドゥブレムナはあの子を目の敵にしていました。私には、自分の子にすら体罰を与えることを厭わぬ罪深き女に思えますけれど……」

「体罰は法によって禁じられているというのに？」シュペーランが言葉を挟んだ。

「そのとおりです」フィデルマはいった。「その点はファイフがはっきりと証言しています。エンダに危害を加えることを否としていたのはコーラだけでした。明らかに彼は、取り決めを交わしたさいに、〈養育制度〉について定められた法律の内容を聞かされていました」

「つまり、エンダを快く迎え入れたのは幼きマインのみであり、彼が友人と思えた相手はたったひとりだったということかね？」シュペーランが訊ねた。

「おっしゃるとおりです。ですが、ドゥブレムナは母親としてだけでなく、養母としても執念深く冷酷だったのです」

「彼女がエンダに対してなんらかの怒りをおぼえ、殺害したというのかね？」老裁判官は眉をひそめた。

フィデルマはかぶりを振った。

「あの朝、エンダは隠れんぼをやめてその場から去り、家に向かって歩いていました。池まで来たところで、何者かに石で殴られ、水中に突き落とされたのです。マインが彼を発見し、助けを呼びに行きました……」

「だが誰が手をくだしたというのだね？」

「ドゥブレムナに最も感化されていたのは娘たちでした。娘たちは母親の影響で、エンダに憎悪を抱くようになったのです。おそらくあのふたりも母親に疎まれていて、なんとかして彼女の機嫌を取ろうと必死だったのでしょう。はっきり申しあげれば、彼女らのうちのひとりが、母親の機嫌を取りたいばかりに、道を踏みはずしたのです。ファイフです」

「しかし、なぜなのだ？」シュペーランは驚きを隠せないようすだった。「殺人などという手段に訴えねばならなかった理由《わけ》とは？」

「子どもの論理は大人の論理とは異なります。ファイフは、あの少年を〈養育制度〉のもとで預かると決めた父親に対して母親が怒りをぶつけている言葉や、母親による少年への怨嗟《えんさ》をさんざん聞かされて、エンダが罰を受ければ母親が喜ぶにちがいない、と思いこんでしまったのでしょう――父親が彼を罰することを拒んだとあればなおさらです」

「なんとも不思議な心理だが、子どもが親の機嫌を取ろうとするような真似をしたという例ならば、儂もこれまで一度ならず耳にしたことがある」

「さらに申しあげますと、おそらくファイフはみずからの抱く嫌悪感を正当化したいがために、彼にとって不利な情報を母親に吹きこんだのでしょう。蜂蜜を盗んでいたのはファイフです。

さらに卵も盗み、あらかじめ寝床の下に隠しておいて、エンダに罪をなすりつけたのです」

「しかし池ではなにがあったというのだ？」

「おそらくファイフは——両親のやりとりを聞いていたからでしょう——隠れんぼの最中に、エンダに肉体的な苦痛を与えてやろうと思ったにちがいありません。エンダはすでに遊びの輪から抜けていました。きょうだいはもう一度隠れんぼを始めましたが——ファイフはなかなか見つからなかった、とマインはいっていました。その間——マインとウーナが姉を探していた間——彼女は隠れているものとばかり思われていましたが、じつはエンダのあとを追い、手近な石で、彼の後頭部を殴りつけたのです。ほんとうに殺すつもりだったかどうかは、私たちには永遠に測りかねます。やがて死んでいるとわかり、ファイフは彼の遺体を池に突き落としました。彼女の服が泥だらけでびしょ濡れだったのはそのためです。そこで、茂みの下に隠れていたせいでそうなった、というふりをしました。ですが、その茂みが生えていた地面は石だらけで乾いていました。もしほんとうにそこに隠れていたのならば、濡れることも泥だらけになることもなく、単に土がついたくらいですんだはずです」

ブレホンのシュペーランはひゅうっと息を吐いた。

「しかし、それではファイフが少年を殺害したという証拠にはならぬであろう。その推理が法廷において立証されることはまずあり得ないということは、ブレホンの立場たるそのほうとてじゅうぶん承知しておろう」

フィデルマは深いため息をついた。

「承知しておりますとも。運が悪かったとしかいいようがありません。フェホーが訴えを〈放任による死亡事故〉にあらためぬかぎり、法律上、彼に対する賠償が支払われることはありません。事故であれば、彼のジーレ〔〈名誉の代価〉〕の半額がコーラによって支払われる可能性はあります。エンダは七歳を過ぎていました。七歳以上の子どもの〈名誉の代価〉は父親の半額とされていますから。法の上ではもう私どもにできることはありません。自身の子を殴ったことに対し、法を犯したかどでドゥブレムナに罰金を科すことはできますが、彼女がエンダを憎んだために、さらにはわが子にすら敵意を向けたために今回の悲劇が起こったのだということは、どう話そうと彼女に理解させることはできないでしょう。コーラとドゥブレムナは耳を塞ぐにきまっています。それ以外にできるのは、このたびの罰金を科せられることにより今後は二度と養い親にはなれない、と教えてやることくらいですわ」

ブレホンのシュペーランは嘆かわしげにかぶりを振った。

「正義と法律がかならずしも一致するとはかぎらぬ、という例のひとつであろうな、フィデルマよ。フェホーも事故として半額を求めることに同意するだろう。コーラとドゥブレムナに対する処置については儂もそのほうの意見に賛成だ。だがファイフはどうすればよい？　彼女がふたたび暴力でものごとを解決しようとしたときには、いかにして止めればよいのだ？　そのほうはパブリリウス・シーラス[14]を引用するのが好きであったな、フィデルマ。彼は述べていなかったかね、〝罪を犯した者が自由の身となれば、罪深きは裁く者である〟と？」

「ええ。それでも私どもがここにいるのは、法律を解釈し、維持するためです。法の支配の終わりは、専制政治による支配の始まりなのですから。私たちは少なくとも、三年ごとに〈大祭典〉(15)を催し、そこに集《つど》う人々と議論を交わして、齟齬《そご》のある法律の改訂を試み、必要に応じて修正することによりそれらの法律の発展を図っております。ですが今回の件は、法律に欠点があるのではありません、証拠が不充分なのです」

「ひじょうに強力な状況証拠であれば、判決をも左右することさえあるやもしれぬが……たとえば、ミルクのバケツがひっくり返され、中身がすっかり空《から》になっていたとする。その真横に猫が寝ていれば、明らかにその猫の仕業と考えてよいのではないかね」

フィデルマは悪戯《いたずら》っぽい笑みを浮かべた。

「ですが、優秀な弁護士ならば、犬が通りかかってバケツを倒し、やがてミルクがすっかり乾いたあとに猫があらわれ、その真横で寝てしまっただけかもしれぬ、と抗弁するかもしれません。絶対にその猫の仕業だといいきることなどできますかしら？」

「狼だ！」

Cry "Wolf!"

「申し立てはこれですべてですか？」シスター・フィデルマは安堵のため息を漏らした。

なんとも長く感じられた午前中だった。シスター・フィデルマは、ドーリィー、すなわちアイルランド五王国の法廷弁護士としての職務のうちでもとりわけ好きになれない仕事をひたすら片づけていた。アンルー〔上位弁護士〕の資格、つまりアイルランドの〈聖職者の学問所〉および〈詩人の学問所〉(1)によって授与される最高位の資格に次ぐ高位資格を持つ彼女は、キャシェルにおわす兄王コルグーの治めるモアン王国の首席判事たる〝ブレホン〔裁判官〕の長《おさ》〟から、さまざまな微罪の審理をたびたび依頼されることがあった。それは、常任のブレホンがいない辺境にはみずから足を運ばねばならないということでもあった。彼女自身が微罪の審理そのものをおこなうこともあれば、原告の訴えを聞き、その内容が民法や刑法の適用を必要とする場合には、より高位のブレホンに諮《はか》るべき問題として申し送りをすることもあった。

彼女が昨夜から滞在しているのは、兄の統治する王国の中でもとりわけ好きになれない土地だった。この領地を巡っては、オー・フィジェンティ(2)とオーガナハト・アーンニャの小王たちがそれぞれに権利を主張しており、常に小競り合いが絶えなかった。フィデルマの一族とは縁戚関係にあたるオーガナハト・アーンニャは、これまでにも再三にわたり、オー・フィジェンティ小王国との衝突を繰り返してきた。しかしそうした争いごとに目を瞑《つむ》れば、ここがひじょうに美しい土地であることは彼女も認めざるを得なかった。ひろびろとした、豊穣なる渓谷であった。周囲の山々に守られた瑞々しい緑の平野が北へ続いており、その先には巨大な湾がひろがっていた。

中心をなす町は蛇行する川のほとりにあった。平地を走るメイグ川から、支流であるカモーグ川が曲がりくねった細い川となって分かれる地点にあるこの町には、〝湾曲した浅瀬〟を意味するクロマという名がついていた。ふたつの川が交わるあたりは高台になっており、斜面を覆う〈オーガンの森〉の頂上には、この土地の長である〝尊大なるディームサッハ〟の由緒ある砦がそびえ立っていた。この男の名が理由もなくつけられたものではないことを、フィデルマも思い知ることとなった。彼は文字どおり、じつに〝尊大な男〟であり、キャシェルのオーガナハト王家とは疎遠になって久しい一族の者であるにもかかわらず、自分が王家の血筋の者であることを常に意識しているような人物だった。オーガナハト・アーンニャは、モアン王国の統治を確固たるものとした主要な七分家のひとつであった。彼らはキャシェルに次ぐ二番手の地位を求めていた。じつに高慢で、不遜なる一族であった。

だがディームサッハがみずからの領地といって憚《はばか》らぬこの豊穣な渓谷地帯に対しては、オー・フィジェンティ小王国もまた領有権を主張していた。オー・フィジェンティの小王は彼に負けず劣らず強情かつ尊大であった。彼らはキャシェルに対しても幾度となく叛旗を翻し、あろうことか王権を求めたことすらあった。クロマの主導権を巡っての長期にわたる争いは、あらゆるドーリィーにとって頭の痛い問題であり、それはキャシェル王の妹君とて例外ではなかった。オー・フィジェンティの小王は、クロマで開廷されるこうした裁判のすべてにおいて、トゥアハ・クロマ〔クロマの民〕の長とともに同席する権利がみずからにはあるといって譲らなかった。クロマは不本意ながらもこの主張を受け入れた。

砦の中の大広間で、自分の右側にすわっているディームサッハの驕《おご》りたかぶったおもざしを、フィデルマはちらりとうかがった。午前中は次から次へと訴えを聞いてきたが、それほど重大な案件はなかった。向き直り、やはり無表情のオー・フィジェンティの小王、コンリーのおもざしを見やる。長たちはふたりとも黙りこくったままだった。

「申し立てはこれですべてですか?」先ほどよりも鋭い声で、彼女はふたたび訊《たず》ねた。

「すべてだ」オー・フィジェンティのコンリーがうんざりと答えた。

ペンを動かしていた記録係のブラザー・コーラが咳払いをし、フィデルマを見た。

「ほかになにか、ブラザー・コーラ?」彼女は訊ねた。

「訴えを申し出ている者がいまひとりおります」彼は小声でいい、それからふとためらった。

シスター・フィデルマは目を丸くして彼を見た。

「ではなぜ、その者を私の前に連れてこないのです？」

記録係は落ち着かなげに足をもぞもぞと動かした。

「外でファラッハが捕らえまして、その……」

ディームサッハがふいに両眉をつりあげた。

「ならばそれなりの理由があってのことだろう」彼は鋭くいい放つと、フィデルマに向かって慌ただしくいい添えた。「ファラッハとはわが戦士団の団長だ。ファラッハが捕らえたという その男は何者だ？」

「農夫のフェブラットでございます」

フィデルマが驚いたことに、ディームサッハは吹き出した。

「フェブラットだと？ あのうすのろの？ ならば話など聞いてもしかたがない。審理は終わりだ、宴と余興を楽しむとしようではないか」

腰を浮かせかけた彼に向かい、フィデルマは静かに告げた。「おそれながら、私の司《つかさど》る法廷においては、いつ解散を申しわたすかを決定するのはこの私です、ディームサッハ。私は、そのフェブラットなる男についてもうすこし知りたいですし、あなたがなぜ、この地における法廷で訴えをおこなう権利をその者から奪おうとするのか、ぜひお聞かせ願いたいものですわ」

ディームサッハはふたたび腰をおろし、一瞬、不愉快そうな表情を浮かべた。

「あの男は気がふれているのだ、〝キャシェルのフィデルマ〟」

シスター・フィデルマは皮肉っぽい笑みを浮かべた。

「彼は心を病んでいると診断されたため、法的な責任は負えないということですか？」

長はかぶりを振ったものの、口は閉ざしたままだった。

「お答えくださいませんでしょうか」

「わたしもぜひ知りたいものだ」渋面を浮かべるディームサッハのようすを楽しんでいるさまを隠そうとすらせずに、オー・フィジェンティのコンリーが口を挟んだ。

ディームサッハはかすかなため息をついた。

「フェブラットは心の病《やまい》を患《わずら》っている、と法的に認められたわけではないが、そうみなされてしかるべきだとわたしは思っている。フェブラットは農夫だ。やつの牧場は川向こうの谷にある。わがよき友コンリー殿の国との国境に面した、わが領土の中でも最も端にある牧場だ」と、ディームサッハはオー・フィジェンティの小王に向かって上半身を屈めてみせた。コンリーも同様に、慇懃《いんぎん》無礼な身ぶりをそっくりそのまま返した。

「なるほど、あのあたりですか」コンリーは愛想よく笑みを浮かべ、いった。

「ついでに申しあげると」ディームサッハは続けた。「この二週間のうちに、やつは二度もこの砦へやってきて、牧場がオー・フィジェンティの連中に襲われた、と訴えてきたのだ」

コンリーの唇から笑みが消えた。

「嘘だ！」彼は嚙みついた。「襲撃などしておらぬ」

「とはいえ、フェブラットからそう聞かされて、われわれとしてもさほど驚きはしなかった」ディームサッハは畳みかけた。「オー・フィジェンティが最も信用に足る隣人であるとはお世辞にもいえぬのでな……」

コンリーが思わず空《から》の剣の鞘に手をかけ、腰を浮かせかけたとき、フィデルマが片手をあげて制した。鞘が空だったのは、宴の間やブレホンの司る法廷に武器を持ちこむことは固く禁じられていたからだ。

「おすわりください、コンリー、冷静に願います」彼女はきつく咎《とが》めた。「その男がした話とやらを聞かせてください。フェブラットの訴えについて取り調べはおこなったのですか？」とディームサッハに向き直り、訊ねた。

長は即座に頷いた。

「むろんだ。ファラッハ以下数名のわが武人たちが騎馬で向かったが、それらしき痕跡はいっさいなかった。牧草が踏み荒らされてもいなければ、羊も一匹とて消えておらず、犬もまったく騒いでいなかった。牧場の周囲に馬を乗り入れた形跡すらなかった。ファラッハはフェブラットの妻であるカラにも聞きこみをしたが、夫の思い違いだと一蹴された。なにひとつ収獲のないまま、ファラッハはしかたなく戻ってきたというわけだ」

「つまり、襲撃はなかったということですか？」フィデルマは訊ねた。

「当然だ」コンリーが嚙みついた。「わが国の者がわたしに無断で牧場を襲撃するなどあり得ぬ。しかもそれがわたしの耳に入れば、さらに厳罰を科されることになるとみな承知している。そのフェブラットなる男、よほどの飲んだくれか大嘘つきのどちらかにちがいない」

ディームサッハは慎重に頷いた。

「そこは意見が合うようだな、わが友よ。しかしそれから二日後のことだ、フェブラットがふたたびわたしのもとへやってきて、まったく同じ話をしはじめた。最初に駆けこんできたときと同様に、大真面目な顔をして、切羽詰まったようすだった。やつは隣人の名をあげ、襲撃を手引きしたのはその男だといいはった。そこまでいうならばと、わたしはファラッハ以下数名の武人たちを連れて再調査に出向いたが、やつの訴えを裏づけるものは見いだせなかった」

シスター・フィデルマは腰をおろしたまま、両眉をあげた。

「彼は自分の牧場が襲撃に遭ったと二度にわたって訴えてきた、ところが二度ともそれらしき形跡はいっさい見当たらなかった、ということですね？　彼の妻と、それから彼が襲撃の首謀者としてあげていたその男には、すでに訊問を済ませたのですか？」

ディームサッハは素早く頷いた。

「訊問は済んでいる。首謀者としてやつが訴えているのはファラマンドという農夫だ。突然名指しされたファラマンド本人は面喰らうばかりで、しかも証拠もいっさい出ず、この件はそのまま保留となっている」

「フェブラットの妻はなんといっているのです？　なんという名前でしたかしら？　カラ、といいましたか？」

「カラは、自分はなにも知らない、どうせ夫の空想だろう、と話していた」

「それに対してフェブラットはなんと？」

「ほんとうにあったことなのだ、と必死で妻にいい聞かせているらしい」

「ですが彼女もその場にいて、そうしたことがじっさいにあったならば、知らないなどということはまずあり得ません」フィデルマは指摘した。「いい聞かせている、とはいったいどういうことですの？」

「言葉どおりの意味だ。いずれの日の夜も、フェブラットの妻は家を空けていたそうだ。おおかた、母親の家にでも泊まっていたのだろう」

「二度ともですか？」フィデルマは問いただした。

ディームサッハは頷いた。「つまりはそういうことだ、〝キャシェルのフィデルマ〟」

「彼はこれまでにも情緒不安定の兆候を見せていたのですか？」

「知らぬ」ディームサッハが答えた。

「その空想とやらについて、彼の妻はなんといっているのです？」

長は肩をすくめた。

「どうせ働き過ぎか、飲み過ぎかのどちらかだろう、と」

コンリーがわが意を得たりとばかりに頷いた。

「オー・フィジェンティの尊き名が関わらぬのであれば、わたしはそのような男に興味はない」

「ですが彼はまさに今この砦を訪れ、三たびの陳情をおこなうことを望んでいます」フィデルマは指摘した。「なぜなのでしょう?」

静寂が漂った。

「われわれと知恵くらべでもしたいのか」ディームサッハが答えた。「あるいはほんとうに気がふれていて、薬師《くすし》の診断を仰ぐべき者なのやもしれぬな」

「ブラザー・コーラ」シスター・フィデルマは記録係に向かって静かにいいわたした。「武人のファラッハをここへ呼んでください……ただし拘束した人物は連れずに、と」

ファラッハは細身だが逞《たくま》しい身体つきをした黒髪の男だった。彼は近づいてくると、冷めた表情で三人の前に立った。

「ファラッハ、フェブラットなる農夫がこの法廷へ陳情に訪れたと聞いていますが」フィデルマはいった。「その男を拘束したそうですね。その理由と、あなたが彼について知っていることを話してください」

ファラッハは一瞬眉をひそめ、みずからの長であるディームサッハを素早く見やった。

「姫様」彼女がモアン王の妹君であり、一介の修道女でもなければ単なるドーリィーでもないことを承知していたこの武人は、そう呼びかけてから話しはじめた。「あのフェブラットなる男の幻想であなた様を煩わせるにはしのびないと考えたからです。そこであの者が法廷に足を踏み入れる前に足止めいたしました」

「その幻想とやらについてはどのように聞いていますか？」

ファラッハは落ち着かなげに、片足ずつに体重を移動させた。

「姫様、あの者はわが長ディームサッハ様のもとを二度にわたって訪れ、自分の土地がオー・フィジェンティの襲撃を受けて家畜が被害を受けたと主張しておりました。しかしいずれの訴えも真実ではなかったのです。われわれは二度とも件《くだん》の場所へ出向きましたが、牧場はいたって平和なものでした。家屋も家畜も被害などいっさい受けていなかったのです。彼の妻であるカラにも、なぜ夫がそのようなふるまいをしたのかわからぬようでした。夫がそうせざるを得ないようなできごとなど、これまでひとつも起こっていない、と」

シスター・フィデルマは頷きつつ、考えを巡らせた。

「ですが、フエブラットは具体的な名をあげていると聞いていますが？」

ファラッハが眉根を寄せた。

「具体的ですと？　ああ、あの者が二度めに訪れたさいに、隣の牧場主であるファラマンドを名指しで糾弾《きゅうだん》した件をおっしゃっているのですな。あの男にも会いに行きましたが……」

コンリーが目をすがめた。

「ファラマンドと話したということは、オー・フィジェンティ領内へ越境したのだな。ならば侵略行為だ。となると賠償を……」

　シスター・フィデルマがぴしゃりと口を挟んだ。

「かの地はモアン王国の一部であり、私はモアン王国における問題を審理するためにここへ来ております。国境争いの話はそれ以上なさいますな。平穏な牧場に対しておこなわれた可能性のある悪質な襲撃に関して、ディームサッハとファラッハが調査の範囲をひろげたのは極めて正当な行為です。それが法というものです」彼女は武人に向き直った。「それでファラマンドはなんと？」

「フェブラットの牧場には近づいてすらいないとはっきり答えておりまして、加えてカラの証言と、襲撃の形跡が皆無であることを踏まえますと、結論はひとつといえるでしょう。正直に申しあげれば、ファラマンドはオー・フィジェンティの者とはいえ、信用に足る人物です。かつては法律を志していたこともあるそうです」

「つまりあなたの意見としては、フェブラットのほうが、なんらかの理由に基づいて嘘をついているか、あるいは錯乱しているかのどちらかだということですか？」

　ファラッハは思わせぶりに肩をすくめた。

「錯乱しているのだと思いますな。自分の記憶にあるかぎり、長いことこの地に根をおろしているようですが、じっさいには自分も彼のことはあまり知らぬのです。もとはただのダール・フイジール、すなわち渡りの労働者にすぎませんでした。やがてわずかな痩せた土地を金で手に入れ、そして……」

ディームサッハが笑みを浮かべてそれをさえぎった。

「よろしい、この件は決着だ。やつは牧場へ追い返すがよい。最も近い身内である妻が、夫には判断能力がないと証言して薬師の診断を仰ぐまで、もはやわれわれにできることはほぼない。あとは法によってやつがドーサハタッハ〔心神喪失〕とみなされるかどうかであろう」

踵《きびす》を返しかけたファラッハを、フィデルマが引き留めた。

「その者が来ているのならば、訊問してみればよろしいでしょう。ディームサッハ、あなたの話で、私は『ドウ・ブレハブ・ガイラ』(3)、すなわち心の病を患った者の社会的な保護について述べた法律を思いだしました。じっさいに異常な症状がみられるのならば、その男をただ牧場へ追い返すわけにはいきません。既婚者ということですから、妻がコン〔後見人〕となり、彼女が夫の行動に責任を持つこととなります」

コンリーはわれ関せずとばかりに肩をすくめ、ディームサッハは不愉快そうに眉をひそめた。彼は宴を心待ちにしており、これ以上審理を長引かせたくなかったのだ。雄豚を一頭丸焼きにせよといいつけてあったし、ゴール産の赤葡萄酒《ぶどうしゅ》も商人から買いつけてある。しかしながら、法廷を閉じることができるのはその審理を司る弁護士のみと決まっているため、フィデルマに従わぬわけにはいかなかった。

「フェブラットをここへ」フィデルマがいいつけると、ファラッハは了解のしるしに頷いてその場をあとにした。

目の前に立ったフェブラットを見て、シスター・フィデルマは思わず口もとが緩《ゆる》みかけた。まるで貂《てん》そっくりだ。張り出した額につんと尖った顔。瞳孔《どうこう》の目立たない黒い目をきょろきょろと落ち着かなげにうごめかせ、黒い髪には白いものが交じっている。彼は直立不動のまま、両手を胃の前で固く握りしめて突っ立っていた。まるで敵を警戒しているかのように、頭だけを右へ左へ向けているが、首と身体は硬直している。

「さて、フェブラット」シスター・フィデルマは、緊張を和らげてやろうと優しく声をかけた。「あなたが出廷したのは陳情をおこなうためですね。それで合っていますか？」

「そうでさ、そうでさ、そうでさ」彼は同じ言葉を早口でまくし立て、その勢いにフィデルマは思わずまばたきをした。

「申し立ての内容は？」

「女房が、あっしの女房のカラ、カラが。消え、消えちまったんでさ。オー・フィジェンティのやつらにお、襲われて、さらわれっちまったんでさ」

コンリーが身じろぎをした気配を感じ取ったシスター・フィデルマは、彼が感情を爆発させる前に、素早く目で制した。

「襲われた、というのはいつのことですか？」

「昨夜《ゆうべ》でさ、いんや、今朝だったか。そうでさ、今朝ですわ」

「なるほど。そして奥方がさらわれた、と？」

「そうでさ、あいつらにさらわれたんでさ」

「詳しく話してください、あなた自身の言葉で」

フェブラットはおどおどと左を、それから右を見やると、黒々とした瞳の焦点をフィデルマに合わせた。彼は同じ言葉を幾度となく繰り返しながら早口でまくし立てた。

女房のカラとともにいつもの時間に床についた。夜明け頃だったか、騎馬の者たちが牧場を駆けまわる物音でふたりとも目が覚めた。なにごとかと思い、唯一の武器となる鉈鎌《なたがま》を手に外へ出た。家畜用の囲いのほうを見ると、オー・フィジェンティの連中が明らかに家畜を盗もうとしていた。するると背後から悲鳴が聞こえた。女房があとを追ってきたらしかった。それが最後に耳にした物音だった。どうやらガツンとやられたようで、気がつくと寝台のかたわらの床に転がっていて、あたりはしんと静まり返っていた。女房の姿は消え失せていた。

と、そのように急ぎ足でひととおり話し終えると、彼は反応をうかがうように、立ったままフィデルマをじっと見た。

彼女のかたわらで、ディームサッハがあくびを嚙み殺した。

「フェブラット、おまえからオー・フィジェンティによる襲撃の話を聞くのは今回で三度めだ……」

「襲撃のつくり話を、だ」コンリーが腹立たしげに口を挟んだ。

「しかも、これまでの二度とも」トゥアハ・クロマの長は続けた。「調査の結果、おまえの話は偽りであったと判明した。よもや信じてもらおうなどと思ってはおるまいな」

フェブラットはちらりと彼を見やると、フィデルマに視線を戻した。

「ほんとでさ、全部ほんとでさ」彼は答えた。「嘘なんぞ、嘘なんぞいっとりません。前のときも、今もでさ。襲ってきたやつら、襲ってきたやつらに、女房がさらわれたんですわ。ほんとでさ、誓ってもいいでさ」

「以前もそういっておきながら、真っ赤な嘘だったではないか!」ディームサッハが怒鳴りつけた。

「こちらへ、フェブラット」シスター・フィデルマは静かな声で命じた。

男は気の進まぬようすだった。

「こちらに来て、私の前に立ちなさい!」彼女は語気を荒らげ、繰り返した。

彼はいわれたとおりにした。

「膝をついてください」

男は一瞬ためらったものの、フィデルマにぎろりと睨まれ、片膝を立ててすわった。

「頭を屈めてください」

男はそのとおりにした。するとフィデルマが彼のもつれた半白の髪の中を覗きこんだので、ディームサッハとコンリーは少なからず驚いた。

「もう結構です」やがて彼女はいい、男がもとの姿勢に戻ると、ふたたび口をひらいた。「ガツンとやられて気を失ったと話していましたが、殴られたのは頭でしたか？」

「そうでさ、そうでさ」

「側頭部に擦り傷がありますね」彼女ははっきりとそう口にした。

「そやつの話はでたらめだ、フィデルマ」ディームサッハがいった。「さっさと牧場へ帰して、沙汰についてはのちほどわれわれで話し合えばよい」

フィデルマはしばし唇を引き結んでいたが、やがて武人のファラッハに向けて、いった。

「しばらくの間、フェブラットを退席させてください」

彼らが大広間を出ていくと、フィデルマは残りのふたりに向き直った。

「興味深い事件ですわね」

トゥアハ・クロマの長はくくっとせせら笑った。

「まさかあやつの話を真に受けているのではあるまいな？　側頭部の擦り傷ごときでは、馬鹿げた話の裏づけにはならぬ」

「あの傷が話の裏づけとなるなどと、誰が申しましたでしょう？　私がどう思おうとこの件には直接関係ありません。このまま放置してよい事件ではないと申しあげているのです。あの者があなたのもとへ訴えにやってきたのはなんらかの、それものっぴきならぬ動機があってのことなのか、それとも精神錯乱によるものなのか。どちらにせよ、民の安全のためには調査が不可欠です。私は馬で牧場へ向かい、彼の妻であるカラに話を聞いてまいりますので、ディームサッハ、あなたはその間、フェブラットを拘束しておいてください。万一の場合を考慮して、牧場へは、あなたの戦士団団長であるファラッハを護衛として伴わせていただきます」

「これだけはいっておくが、〝キャシェルのフィデルマ〟よ、オー・フィジェンティによる襲撃などというものはなかったのだからな」コンリーが突っかかってきた。

気難しげな表情を浮かべた彼に向かって、フィデルマは朗らかな笑みを向けた。

「そのような襲撃がじっさいにあったのならば、オー・フィジェンティの小王たるあなたが、とうにお認めになっているはずですものね」彼女は穏やかな声でいった。

コンリーは一瞬、歯を喰いしばった。

「かような襲撃があったのだとすれば、少なくともわたしの耳に入らぬはずがない」彼はいい募《つの》った。

「たいへん結構です」フィデルマは立ちあがり、休むことなく手を動かしている記録係のブラザー・コーラを見やった。「私がフェブラットに関する調査を終えるまで、本法廷は無期限の閉廷とする、と記してください」

「まさか宴の前に向かおうというのではあるまいな?」ディームサッハがうろたえたように問いただした。

「この件は迅速な対応が必要であると感じます。できれば夕刻までに戻り、宴に興じさせていただきたく思っておりますわ」

ディームサッハは落胆の表情を浮かべた。彼としてはすぐにでも宴と余興を始めたいところだったが、〈歓待の法〉[4]に基づき、主賓である王妹の同席が可能になるまでは、宴はお預けだった。

フェブラットの牧場は、ディームサッハの砦から馬で一時間ほどの場所にあった。〃平地を流れる川〃を意味するメイグ川沿いの、緑生い茂る草地に囲まれた土地だ。最も近い丘陵は南側と東側にあるが、それでも一、二マイルは離れている。

フィデルマの横で馬を走らせていたファラッハが、小楢《こなら》と櫟《いちい》のこぢんまりとした林の奥に建ち並ぶ屋舎を片手で指し示した。

「あれがフェブラットの牧場です、姫様」

そちらをめざしながら、フィデルマはふと眉をひそめた。数頭の牛が苦しげな鳴き声をあげている。それがどういう鳴き声であるか、彼女にはすぐにわかった。

「どうやら、牝牛たちが乳を搾《しぼ》ってもらえていないようですな」フィデルマが口にする前に、ファラッハが同じく鳴き声を聞きとがめ、いった。

ふたりは馬を進めて牧場へ入っていった。すると案の定、すぐ近くの囲いの内側で、二頭の牝牛が哀れっぽい鳴き声をあげていた。鶏たちは素知らぬ顔で、地面をついばみながら勝手気ままにそこらを歩きまわっている。そのほかにも羊が二、三頭と山羊が五、六頭、あたりをうろついていた。だがそれ以外にはなんの気配もない。

フィデルマは馬からおりるとあたりを見まわした。

ファラッハも馬の背からするりとおりて二頭の馬を横木に繫ぐと、母屋に向かって大股に歩いていき、フェブラットの妻を大声で呼んだ。返事はなかった。

「中を調べますか、姫様？」彼は訊ねた。

フィデルマは深くため息をついた。

「私たちがまずせねばならないのは、あの哀れな牛たちを救ってやることです」と、二頭の牝牛を指し示す。「バケツを探してきてください。あなたと私で一頭ずつ済ませましょう」

ファラッハは啞然とした。

「しかし姫様、自分は武人でして……」

「この気の毒な牛たちはそんなことになど構っていられないでしょうし、私がドーリィーであり王妹であることも気にすらしないでしょう」彼女は皮肉っぽく笑みを浮かべた。

彼は顔を赤らめ、踵を返してバケツを探しに行った。

しばらくして牝牛たちが静まり、バケツがほぼいっぱいになると、フィデルマとファラッハは立ちあがり、搾ったミルクを牧場の涼しい場所まで運んだ。

「さて、ここは明らかに無人のようですな」ファラッハがあたりに目を凝らしつつ、いった。

「確認しましょう。あなたは離れ家を見に行って、ほかに襲撃の跡がないかどうかも調べてきてください。私は母屋を見てまいります」

ファラッハが眉をひそめた。

「まさか、このたびばかりはフェブラットが正しいとお思いで……？」

「結論について考えるのは、事実をいくつか明らかにしてからです」彼女は答えると母屋に入っていった。

フェブラットとカラは小綺麗に暮らしているようだった。家の中は片づいているだけでなく、驚いたことに、農夫の持ちものとはとうてい思えぬような、豪華な工芸品の数々がいくつも飾られ、壁や寝台には上等なつづれ織りの布までかかっていた。フィデルマはそれらをしげしげと眺めた。

彼女はふいに眉根を寄せた。寝台を覆っている布には乱れひとつない。ぐるりと周囲を見わたしてみても、家の中のものはすべてきちんと片づいていた。ふと視線をさげたとき、寝台のかたわらの敷物が目に入った。そこでまたしても軽く驚いた。床の敷物は豊かさのしるしであり、暮らしの質をあらわすものだったからだ。たいがいの農民は床に敷物など置かない。ほとんどの家の床は土が剝き出しのままで、それが何世代にもわたって踏み固められ、やがて大理石のように硬くなる。いくらか暮らし向きのよい家ですら、せいぜいその上を板張りにする程度だった。だがフェブラットとカラは明らかに上流の暮らしを好んでいるか、あるいは贅沢《ぜいたく》な暮らしに慣れているようだった。そう考えたとき、ふと胸がざわついて、どこかちぐはぐな印象を受けた。フェブラットは、もとは渡りの労働者だったという話ではなかったか。寝台の脇にある羊の毛皮の敷物をひと目見て、それらのことがフィデルマの頭の中を目まぐるしく駆けめぐった。

そこでふと目を凝らした。敷物が一か所変色している。屈みこみ、その部分に手を当ててみた。湿っている。そこで指先の匂いを嗅いでみたが、無臭だった。水がこぼれただけのようだ。だとしても、今朝フェブラットがここを出て法廷へやってくるまでの間に、とうに乾いているはずだ。

彼女は敷物を持ちあげて戸口まで運んだ。そのとき雲間から太陽が顔を出した。手に持った羊の毛皮の敷物の、乳白色をした羊毛の上に陽光が降りそそいだ。ふと、白い羊毛の隙間になにかがあるのが見えた。水で濡れていたことで見落としていたようだが、黒っぽい染みがいくつかついている。

フィデルマは指先を舌で湿らすと、染みの部分をこすってみた。指先がうっすらと赤く染まっている。染みは乾いた血の跡だったようだ。

彼女は指先をしばらくじっと見つめたあと、羊の毛皮の敷物に目を戻し、それから戸棚に向き直って中身を調べはじめた。平凡な農夫の妻にしては、カラはずいぶんと衣装持ちなうえ、宝石箱まであった。カラは明らかに着飾ることが好きな女のようだ。しかも宝石類は高価なものばかりだった。

フィデルマは母屋を出ると、ファラッハのもとへ行った。

「なにか見つかりましたか？」納屋の扉からあらわれた彼に、フィデルマは訊ねた。

ファラッハはかぶりを振った。

「なにも。暴力行為や破壊行為がおこなわれた形跡はいっさいありません。やはりまたしてもフェブラットの行きすぎた妄想だったのでしょう」

「では行方の知れぬ妻のカラはいったいどこへ？」フィデルマが指摘した。

ファラッハは肩をすくめた。

「おおかた、友人か親戚の家にでも身を寄せているのでしょう」

「またですか？」

その声の調子に、ファラッハは戸惑いの表情を浮かべた。

フィデルマは彼の問うような視線には答えず、農場の庭を納屋のほうへ歩きだしたが、ふいに屈みこみ、枝を一本拾いあげた。

「なんの木の枝だと思いますか？」

ファラッハはろくに見もせずに、いった。

「むろん、榛《はん》の木《き》でしょうな」

フィデルマは周囲の木々に目を凝らした。小楢と櫟は生えているが、榛の木は見当たらない。

彼女は枝を地面にほうり投げ、納屋に向かってふたたび歩きだした。納屋には荷車がしまってあった。驢馬《ろば》一頭立てで牽《ひ》く、牧場でよく見かける形のものだ。大きな車輪についた泥はまだ乾ききっていない。荷台には金属の刃のついた大ぶりの鋤《すき》が載っていた。ローマと呼ばれる土掘り用の鋤だ。その刃にも車輪と同じような湿った土がついていた。

彼女は納屋の内部をぐるりと見わたした。特に変わったところはないようだ。むろん、襲撃を受けたり暴力が振るわれたりといったような形跡もいっさいない。片隅に置いてある蓋つきの木製の収納箱にふと目が行った。表面にはところどころに乾きかけの泥がこびりついており、手の跡もある。蓋には鉄製の錠前がついていたが、鍵は見当たらなかった。彼女はファラッハを振り向いた。

「金鎚《かなづち》を見つけてきて、この箱を開けてください」彼女は命じた。

ファラッハは仰天してひゅうっと口笛を吹いた。

「しかし、姫様……」

「私が責任を取ります」

彼は一瞬だけためらったのち、いわれたとおりにした。

箱の中には小ぶりのつるはしと、麻袋に包まれた、金属のかたまりとおぼしきものが山と入っていた。ファラッハは首をかしげながら、腕を伸ばしてそのひとつを手に取った。

「銀だ！」彼は声をひそめて、いった。「かなり大きな銀塊です」

「しかも、採掘されたばかりのものですね」フィデルマは屈みこむと、銀塊の傷跡から覗く真新しい輝きと、つるはしについた傷を指し示し、いった。

「ここから見て北東にあたる場所に鉛などの金属が採れる山があり、銀脈も見つかったと聞いたことがあります。けれども、ここにあるのは大きなかたまりばかりです。かなり高価なものでしょう」

フィデルマは立ちあがった。

「とりあえず、これはもとに戻して調査を進めましょう。あなたのいうように、フェブラットの妻が友人あるいは親類の家に身を寄せているのだとすれば、じっさいには誰のところにいるのだと思いますか?」

ファラッハは渋い顔で、箱の蓋をもとどおりに閉じた。

「このあたりで、ですか?」

「近場から始めるに越したことはないでしょう」フィデルマは辛抱強く答えた。

「そうですな、カラの母親であるドン・ディージの奥様でしたら、あちらの方角へ馬で三十分ほど行ったところにお住まいですがね」と彼は南の方角を指さした。

その名を耳にしたとたん、フィデルマが目を丸くした。

「ドン・ディージですって? まさかあの……?」

「ええ、オーガナハト・アーンニャ小王の妹君です」ファラッハは認めた。「兄君はアーンニャの丘の戦い(5)で命を落とされております。つい二年前のことです」

フィデルマはため息をついた。母屋のようすからかなり裕福らしいとは思ったが、そういう理由だったのか。カラはただの平凡な農夫の妻ではなく、国を治める王族の家の娘だったのだ。

「誰かしら教えてくださってもよさそうなものでしたのに」彼女は恨みがましげに呟いた。

「そうですかね？」ファラッハが悪びれもせずに訊ねた。「ご存じだったからといって、フェブラットが気のふれた人物だという事実は動かしようもありませんよ」

「そうかもしれませんし、そうでないかもしれません」フィデルマは認めた。彼女は荷車をふたたび見やった。「車輪を見ると、この荷車は泥の中を走ったと思われます。通ってきた轍《わだち》の跡を探しに行きましょう」

ファラッハは不思議そうに彼女を見た。

「なぜそんなことを？　こいつはなんの変哲もない、ただの農家の荷車ですよ。フェブラットがこの荷車に乗っているところならしょっちゅう見ています。オー・フィジェンティによる襲撃とやらとはまず関係ないでしょう」

「とりあえず私に任せてください、ファラッハ」フィデルマは馬に足をかけながら、いった。

ふたりは騎馬で牧場を出ると、地面に目を凝らし、荷車の轍を探した。驚いたことに、車輪の跡はひとつも見つからなかった。フィデルマはふと、北側へ回ってみようと思いたった。しばらく進んで牧場の屋舎からだいぶ離れた頃、ほぼ消えかかった轍が見つかった。ふたりはそのまま馬で進み、穀物畑の間の畦道《あぜみち》を通って、さらに耕《たがや》された牧草地を横切り、やがて人の手の入っていない荒れ地に出た。しだいに足もとに石が増えてきた。フィデルマがふいに馬を止めた。切られて間もない榛の木の枝が数本、岩だらけの地面にばらまかれていた。彼女はするりと馬からおり、地面に落ちた枝をじっくりと調べた。いずれも十フィートから十五フィートほどの長さで、箒《ほうき》のようにひろがった小枝や葉がついたままだ。彼女はあたりを見まわすと、面喰らっているファラッハを後目《しりめ》に、しばらくの間、岩だらけの地面をひたすらじっと睨みつけていた。

「榛の木の生えているところからはだいぶ離れていますね」彼女はいった。「これらの枝は、ここまで引きずられてきたようです」

ファラッハはなんと答えるべきか見当もつかず、返事をしなかった。

「私の思い違いでなければ、あのあたりはオー・フィジェンティの領地ですね」フィデルマはふたたび馬の背に乗り、北を指さして、いった。「ファラマンドの牧場はあちらの方角では?」

「おっしゃるとおりです。ファラマンドはオー・フィジェンティの者ではありますが、気だてのよい男です。フェブラットの妻のカラでさえ、よき隣人だと褒めていました。彼が襲撃の首謀者だと確信する以前は食卓にもしじゅう招いていた、とフェブラット自身も話していました」

フィデルマは頷いた。

「ディームサッハとあなたが訊問したときには、フェブラットは正気だったということですか？　彼から不穏なものを感じることはなかったと？」

「ええ、まったく感じませんでした」

フィデルマはふいに馬を止め、南側の小高い山々を振り向いた。

「気が変わりました」彼女はいった。「カラが母親の家にいるかどうか、確かめに行くことにします」

「ドン・ディージの奥様の邸宅へ？」ファラッハは目を剝いたものの、肩をすくめて馬首をそちらの方角へ向けた。

ドン・ディージの住まいはまるで小ぶりの砦のような、いかにも小王国の王妹の持てる富を象徴するかのごとき屋敷だった。かたわらにひろがる牧草地では数人の男たちが働いていた。フェブラット夫妻のものとは段違いに豊かな牧場だ。

小柄で、逞しいとすらいえるような身体つきの女が玄関口で待ち受けていた。髪には白いものが交じっており、いかつい顔つきでふたりを訝《いぶか》しげに見つめている。

「やあ、ディリャン」近づきながら、ファラッハが声をかけた。「ドン・ディージの奥様はおいでかね？」

女は目をすがめたまま、じっとシスター・フィデルマを見据えた。

「そんなことを訊ねるのはいったいどこのどなただね？」彼女は不躾《ぶしつけ》にいった。

ファラッハがきまり悪そうに連れを見やり、口をひらこうとしたそのとき、フィデルマが割って入った。

「〝キャシェルのフィデルマ〟がそう訊ねている、と伝えなさい」ぴしゃりという。「モアン王の妹君をお迎えするなどとても、というのならこう伝えてやりなさい、法廷を司るドーリィーが面会を求めている、と。さあ、早くおし」

ディリャンと呼ばれた女は目をぱちくりとさせたが、やがてしぶしぶと踵を返し、奥へ入っていった。その間にファラッハとフィデルマは中庭で馬をおり、手綱を結んでおくための柵にそれぞれの馬を繋いだ。それを終えた頃、先ほどの女が戻ってきて、手招きをしてふたりを屋敷の中へ呼んだ。

ドン・ディージがふたりを迎え入れた。貫禄《かんろく》のある年配の女性で、その身体つきや服装を見ただけでも、身分の高い人物であることはひと目見てわかった。立ちあがればかなり身長も高いにちがいない。だが、かたわらには杖が置いてあった。フィデルマの視線がそちらへ向いたのに気づき、年配の女性は悲しげに微笑んだ。

「落馬事故でしたの、ですから立ってご挨拶はできませんけれど、お許しくださいませね。悲しいかな、このために屋敷からもあまり出られませんのよ」

感じのよい挨拶だった。無愛想な使用人のディリャンとはまるで正反対だ。そして茶菓が供されての会話となった。

「私でなにかお役に立てますかしら、〝キャシェルのフィデルマ〟?」形式的なやりとりをひとおり済ませると、ドン・ディージはいった。

「ではまず伺いますが、娘御のカラは、今こちらにおいでですか?」

年配の女性は怪訝《けげん》そうに目を細めた。

「娘とはこのひと月ほど顔を合わせておりませんけれど。なぜそんなことを?」

フィデルマは驚きをひた隠した。

「ひと月もですか?」

「なぜそのようなことをお訊《き》きになりますの?」

「彼女の夫が訴えを起こしているのです。妻が行方不明であり、彼の牧場がオー・フィジェンティの襲撃を受けた、と」

ドン・ディージはしばし唇を引き締めた。

「またですの? それとも先週の件をおっしゃっているのかしら?」

「彼は、今朝またあらわれて申し立てをおこなったのです」ファラッハが口を挟んだ。

「娘御のカラにはひと月にわたって会っていらっしゃらないとのことですが、ではなぜ、彼が先日も訴えを起こしたことをご存じなのです?」フィデルマが問い詰めた。

「ごく単純な理由ですわ。ディリャンは私の伝令であり、情報源でもありますの」

「ですが、馬を走らせればフェブラットの牧場からここまではあっという間です」フィデルマは述べた。「なぜ娘御がひと月も訪ねてこないのか、私には不思議な気がしますが」

ドン・ディージはかすかに笑みを浮かべた。その微笑みはどこか悲しげだった。

「娘は娘なりの悩みを抱えていて、都合のよいときにしかここへは来ませんわ。ディリャンの話では、フェブラットのことでずいぶん悩んでいるようですけれど」

「悩みとはどのような？」フィデルマが問いただした。

「起こってもいないできごとを、連れ合いがあるといいはりだしたら、悩むのは当然ではございませんこと？」

「娘御は、自分の夫が正気を失っている、と思っているのですか？」

「当然です。それ以外のなんだとおっしゃるの？」

「あなたがディリャンから聞いた話では、カラは、フェブラットがそのようにいいはる根拠はどこにもない、とはっきり口にしていたのですね？」

「ええそうです。まだ牧場にはいらしていませんの？　カラは、今朝がたの訴えとやらについてなんと話しておりますのかしら？」

「牧場に娘御の姿はありませんでした」

ドン・ディージがわずかに両目を見ひらいた。

「牧場が荒されていた、ということですの？」彼女は不安げに訊ねた。

「その形跡はありませんでした」ファラッハが即座にいった。「家畜もおりましたし、母屋にも襲撃の跡らしきものはいっさい……」

「でしたら、おおかた誰かの家にでも出かけているのでしょう」年配の女性は安堵の笑みを浮かべ、いった。「ディリャンを遣いに出して……」

と、かたわらのテーブルに置いてあった呼び鈴に手を伸ばそうとした彼女を、フィデルマが制した。

「まずいくつかのことを整理しましょう」彼女は穏やかな声できっぱりと告げた。「娘御はフェブラットとの間になにか問題を抱えていましたか？」

「問題？」

「夫婦間の問題です」

「私の知るかぎり、フェブラットがあのような妄想を抱きはじめるまでは、問題などいっさいございませんでしたわ。とはいえ、こんなことを申しあげるのはどうかと思いますけれど、私自身は、娘があの夫を選んだことには反対でしたの」

「なぜです？」

「あの男では身分が釣り合わないからです。私の兄は小王国の王であり、その〈名誉の代価《オナー・プライス》〉は七カマルです。娘の〈名誉の代価〉は、あの子の身分と学識とを鑑《かんが》みれば一カマルはくだりませんけれど、フェブラットではせいぜい一コルパッハがよいところでしょう」

一カマルが乳牛三頭ぶんの価値であるのに対し、一コルパッハは二歳の未経産牝牛一頭ぶんの価値であった。

フィデルマは眉根を寄せた。

「牧場の持ち主はフェブラットではない、ということですか?」

ドン・ディージは不快そうに鼻を鳴らした。

「むろんですとも。私の親族からカラへ贈られた品々を除いて、あのふたりに自分たちの財産と呼べるようなものはありません。私の兄が戦《いくさ》で亡くなって以来、私ども分家の者たちは質素に暮らさざるを得なくなりましたし」

「では、牧場の母屋にあった豪華なつづれ織りや贅沢品の数々は……?」

「娘がこれまで慣れ親しんできた暮らしにすこしでも近づくようにと、私の親族がささやかながら贈ったり貸し出したりしてくれた品々ですわ」

「牧場の持ち主は誰なのです?」

「私の従兄弟《いとこ》のオルブリガ卿です。フェブラットはオルブリガの借地人にすぎません」

「フェブラットは娘御よりも身分が低く、それゆえに財産も持ち合わせていなかった。あなたがふたりの結婚に反対したのは、たったそれだけの理由ですか?」

「たいへんゆゆしき問題です」年配の女性はきっぱりといった。「ですが、正直に申しあげれば、偏見を抱いていなかったといえば嘘になりますわね。私はあの男がどうしても好きになれないのです。まるで飢えた狼さながらに、常に獲物を狙ってでもいるように目をぎらつかせて」

「つまり、あの家にあるものはすべて娘御の財産ということなのですね?」

「あの家に彼の持ちものなどひとつもないですわ。ただし……」

「ただし、なんです？」フィデルマが急かした。

「彼はあの牧場と平野を流れる川との境目にある小山にわずかな土地を所有していたのです。かつてはオー・フィジェンティ小王国との国境をなすしるしとして用いられていた、ちっぽけな岩山ですわ。渡りの労働者がせいぜいお金を貯めても、それを買うのが精一杯だったのでしょうね。ところがそこは牧草も生えぬ畑にもならぬ土地で、まるっきり無駄な買いものだったというわけです。岩だらけの痩せたその土地は、〝クノック・ケラブ〟と呼ばれていました」

フィデルマのかたわらで、ファラッハが鋭く息を呑んだ。

「確か、ケラブとはいにしえの言葉で……？」

「クノック・ケラブは、〝銀の丘〟を意味する古い名前ですね」フィデルマは答えると、素早く話題を変えた。「ですが、あなたがお気に召さなかったそれらの点以外に、ドン・ディージ、ふたりの結婚を妨げるものはなかったのですね？　娘御とフェブラットは愛し合っていましたか？」

「愛ですって！」ドン・ディージは、そのような言葉は口に出す価値さえないとばかりに、ふんと鼻を鳴らした。

「ふたりが結婚したのはいつですか？」

「半年前です」

「幸福な結婚でしたか?」

「先ほども申しあげましたとおり、ディリャンがいうには、牧場がオー・フィジェンティの襲撃を受けたなどという空想が引き起こした昨今の騒ぎだけが、娘の唯一の悩みごとだったそうです。その二度が二度とも、あの男の妄想にすぎなかったのですわ」

「そしてそれらの襲撃があったとされる時間には、娘御は不在でした。そのときはあなたのところに?」

「私は娘の番人ではありません。いちいち居場所など存じませんわ」

「フェブラットの素姓について、ご存じでしたら教えてください」

「話すほどのことはございませんけれど。確か、両親を幼い頃に亡くしたと聞いておりますわ。母親はお産で亡くなり、父親もあとを追うように亡くなったそうです。父親はシエン・クレヒエ〔牛飼い〕で、フェブラット自身も娘と出会うまでは、父親の跡を継いでそれを生業《なりわい》としていました……それにしても、娘はいったいどこへ行ってしまったのでしょう?」ドン・ディージがふいに声を荒らげた。

「かならずお探しします」フィデルマは立ちあがり、穏やかな声で告げた。

ドン・ディージのおもざしがふいに青ざめ、居丈高な表情が消えた。悠然と構えて感情をおもてに出すまいとはしているが、その薄い色の瞳の奥に宿る光には、娘が自分を訪ねてこなかったという事実に胸の潰れる思いだということがはっきりとあらわれていた。

「まさか、フェブラットが娘を殺して、オー・フィジェンティの者にさらわれたと見せかけているのでは？」

「なぜそのようにお思いになるのです？」

「それならば辻褄が合いますわ。気がふれていたのか……あるいは悪知恵をはたらかせたのかもしれません。あの男は二度にわたって長であるディームサッハを訪ね、牧場が襲撃されたなどという突拍子もない話をしています。調査もそのたびにおこなわれました。そして今日、あなたがたの話によれば、彼はまたしても、三度めの訴えを起こしにあらわれたというではありませんか。ひょっとするとあの男は、ここまで来ればディームサッハもう調査に乗りださず、彼を砦からひょいとつまみ出して終わりにするのではないか、と高をくくっていたのではないかしら」

ファラッハがゆっくりと頷いた。

「ディームサッハ様はまさにそうなさろうとしておりました」彼は真剣な面持ちでフィデルマに向き直った。「あなた様がおいでにならなければ、フェブラットはあのまま牧場へ帰され、じつはカラが数日前から姿を消していたということも明るみに出ぬままだったでしょう。そうなれば、フェブラットにすれば妻を探そうとしないわれわれを責めればよいだけの話です。われわれもあやつを疑いすらしなかったでしょう」

フィデルマは片手をあげて彼を黙らせた。

「フェブラットが、そこまで手のこんだ殺害方法を考えつくほど悪知恵のはたらく男だったとみなすのは、結論を急ぎすぎです」彼女はいった。

「ほかにどう説明せよとおっしゃるの？」ドン・ディージがもどかしげに声を荒らげた。

「娘御になにがあったのかを突き止めるべく全力を尽くします、ドン・ディージ。日暮れまでにはあなたの問いにお答えできればと思います」

フェブラット夫妻の牧場に向かってふたたび馬を走らせる間も、ファラッハはまだ途方に暮れたように首を横に振っていた。

「自分にはよくわからぬのですが、姫様。あなた様にはなにやら気づいていらっしゃることがおありのようですな」

フィデルマは軽く笑みを浮かべた。

「そのような予感がする、とだけ申しあげておきますわ」

「はて。ところでどこへ向かっておられるのです、姫様？」

「ファラマンドの牧場です」

ファラッハはまじまじと彼女を見つめた。

「まさか、ファラマンドとオー・フィジェンティがフェブラットの牧場を襲撃したという話を真に受けていらっしゃるわけではないでしょうな？」

「私がどう受け止めているかは、ファラマンドの牧場に到着してからお話ししますわ」

ファラマンドの牧場は小高い丘のふもとにあった。緩やかな斜面を馬で駆けながら、ファラッハが、半マイルほど離れたところにあるもうひとつのちいさな岩山を指さした。

「あれがクノック・ケラブ、すなわち〝銀の丘〟です、姫様」彼はいった。「フェブラットはおそらく、あの山で例の銀塊を採掘したにちがいありません」

母屋へ続く道を騎馬で進んでいくと、見おろした先で数頭の犬が吠えていた。

若い男が母屋から出てきた。日に灼けた顔に黒髪の、整った顔立ちの男だ。門に寄りかかり、ふたりが近づいてくるのを見つめている。男は感じのよいおもざしに歓迎の笑みを浮かべ、馬で乗りつけた彼らを迎えた。

「ファラマンドです」かたわらにいたファラッハが彼女に小声で説明した。

「やあ、ファラッハ。ごきげんよう、修道女様」若者は朗らかにいった。「このよき午後になにかご用でも?」

フィデルマは馬を止め、地面におりた。ファラッハも同じようにした。

「隠れ家から出ていらっしゃい、とカラにいっていただけるかしら」フィデルマは笑みを返した。

ファラマンドの表情が一瞬固まったが、彼はすぐさま平静を装った。開口一番に彼女が告げた言葉に、ファラッハまでもが啞然とした。

「カラ?」ファラマンドは戸惑ったようにいった。「とおっしゃいますと……フェブラットの奥方の？　はて、なんのことやら……そもそも……」

咎めるように、フィデルマの両の口角がぐっとさがった。

「正直に話してくだされば、おたがいの時間の無駄を省けます、ファラマンド。あなたはフェブラットの牧場が襲撃されたように見せかけ、その妻と共謀して、彼が心を病んでいると周囲に思いこませようとしましたね。そのために、あなた自身の長であるコンリーがじつに厄介な立場に追いやられています」

「共謀だと……？」上機嫌に見えた若者はみるみる怒りをあらわにした。「わざわざこんなところまでやってきてそんないいがかりをつけるとは、あんたは何様だ？」

「ファラッハ、私が何者であるか、この男に説明してやってください」

武人はいわれたとおりにした。

「さて、ファラマンド、あなたには選択権があります」フィデルマはこともなげに続けた。「ここで今すぐ私に協力するか、あるいは拘束されて長の前に引き出されてからそうするかのどちらかです。後者を選ぶのであれば、裁判の末にあなたに与えられる罰則はより厳しいものとなるでしょう」

ファラマンドは敵意もあらわに彼女を睨みつけた。怖じ気づいているようすはなかった。

「拘束して裁判にかけると脅してるのか？　たかが武人ひとりと女ひとりになにができる。こっちには作男どもが六人いる。ひと声かけりゃ……」

満面に笑みを浮かべ、フィデルマが鋭い声でいった。

「六人……ほんとうにそうですか？　蹄《ひづめ》の跡を隠そうとして榛の木の枝を引きずってきたようですが、馬の足跡は八、九頭ぶんあったように見えました。それとも私の勘違いかしら？」

ファラマンドの表情がこわばった。やがて彼は平然と聞き流したふりをした。

「あんたはひどく無謀なうえ、しかもじつに愚かだ、ドーリィー殿。どうやらうちのやつらを呼ぶしかないな……」

「呼んでどうするつもりです？　ディームサッハと、そしてあなた自身の長であるコンリーが私たちの戻りを待っています。ドーリィーであり、モアン王の王妹たる私に対して危害を加えるなどと脅迫しておきながら、よもや罪に問われぬなどとは思っていませんでしょうね？」

それでもファラマンドは怯むことなく突っかかってきた。

「モアン王がここにおいでになるわけでなし、しかも俺は……」

女の声がそれをさえぎった。

「もういいわ、ファラマンド！　痛い目を見せてやるなんて脅してもそのかたには通じない。格が違いすぎるわ」

若い女が戸口から飛び出してきた。黒髪の艶っぽい美女だった。自分が魅惑的であることをじゅうぶんに承知しており、獣めいた魅力を存分に見せつけるかのように、身のこなしもしなやかだった。護身用の武器のつもりか、片手に木槌を握りしめている。

ファラマンドが喰いつくように振り向いた。

「カラ！　つまりここにいたのかね？」ファラッハが驚いて彼女に呼びかけた。

若い女は笑い声をたてた。その声には苦々しげな響きがあった。

「見ればわかるでしょ」彼女はフィデルマに向き直った。「でも、どうしてわかったの」

フィデルマはかすかなため息をついた。

「このような途方もない計画をいつ思いついたのです、カラ？　フェブラットと結婚する前ですか、それともあとですか？」

若い女はひらき直ったようすだった。

「話すことなんかなにもないわ。なにひとつ証明できるもんですか。恋人をつくってなにが悪いのよ？　あの夫じゃ、あたしの望みなんてちっとも叶えてくれないわ」

ファラマンドは彼女の言葉に熱っぽく頷いた。

「カラのいうとおりだ。俺たちはただ好き合っているだけだ。それ以外に俺たちがなんの悪いことをしたっていうんだ？」

フィデルマはふたりを見据えた。

「悪いことをした、などとはひとことも申しあげておりません。けれどもお聞きになりたいのでしたら、ことはいたって単純明快です。あなたがたは、フェブラットを厄介払いしてクノック・ケラブの銀鉱を手に入れようとしましたね」

ファラマンドは腹立ちまぎれに鋭く息を吐いたが、カラは観念したようすで、がくりと両肩を落とした。

「だったら証明してみせてよ」彼女はか細い声で、神妙なようすでいった。

「もし、フェブラットがマール、すなわち痴呆状態あるいは心神喪失状態と判断され、法的責任能力はないと申しわたされれば、彼が所有するクノック・ケラブの土地はあなたの管理下に置かれます」

「まるでちんぷんかんぷんだわ」ふいにカラがいった。「法律なんてなにひとつ知らないもの」

「けれどもあなたは知っていますね、ファラマンド。どの段階まで法律を学んだのです?」

ファラマンドの顔が上気した。

「それを誰から……?」

「これ以上の時間の無駄遣いはおよしなさい!」彼女はぴしゃりといった。

「あんたが昔、農夫になる前に法律を学んでいたことは秘密でもなんでもなかろう」ファラッハが指摘した。「自分ですら知っていたし、ディームサッハ様とてご存じだ」

若者は口ごもり、やがて肩をすくめた。

「フレシュナヘド[6]の段階まで学んだ」

「では三年めまでということですね?」フィデルマはしみじみといった。「ならば『ドウ・ドウリハブ・アガス・メラブ・アガス・ドーサハタブ〈精神薄弱者と心神喪失者と精神錯乱者のための法律書〉』、すなわち心の病を患った人物が所有する土地の扱いについて記した法律書に目を通したことがあるはずです」質問ではなく確認だった。「哀れなフェブラットを殺害することなく、クノック・ケラブの土地を妻であるカラのものとする方法を思いついたのはあなたですね？　フェブラットがマールであると申しわたされれば、カラはその後見人となり、夫がみずからの土地で発見した富はすべて彼女の思いのままとなる、という算段だったのでしょう」

カラは怯みもしなかった。

「だったらなに？　フェブラットはなんの損もしないんでしょ。法律では、フェブラットが生きてるかぎり、あたしは一生彼の面倒を見ることが義務になってて、万が一それに背いたら、五シエードの罰金のうえに土地まで没収されるんだから。だいたいあの人が……」

ファラマンドが彼女に向かって眉をひそめた。

「喋りすぎだ、カラ」彼はぴしゃりと警告した。「どうせ証明できるわけが……」

「ほんとうは」フィデルマはくるりと彼を振り向いた。「あなたの計画はすこし違うものだったのではありませんか？　数か月後に〝事故〟が起こる、といったところでしょうか？　あるいは今すこし凝った手口を用いる予定でしたか？　フェブラットが心を病んで妻に襲いかかった、とでも？　相手が心の病を患っていたならば、たとえ殺してしまったとしても正当防衛を主張することができますし、襲われた人物を守るために第三者が手をくだしたと主張することも可能でしょう」彼女は静かにすすり泣いているカラを振り向いた。「私が知りたいのは、あなたがこの計画をいつ頃から思い描きはじめたかということです――フェブラットと結婚する前からですか、それとも結婚してからですか?」

「ファラマンドとは、フェブラットがあたしに近づいてくる前から恋人どうしだったの。母はアーンニャの公女だったし、あたしもその血を引いているけれど、うちには財産もなければ、なんの後ろ盾もなかった。それがどういうことか、あなたにはおわかりにならないでしょうね。その頃だったわ、フェブラットの持ってるあの小山で銀が採れるって知ったのは。フェブラットをうまいこと病人に仕立てあげれば、彼に危害を加えることなく土地の所有権があたしのものになる、って初めにいいだしたのはファラマンドよ。だからあたしはフェブラットと結婚して、ある程度時が経つのを待ってから、計画を実行に移したの」

「ファラマンドがフェブラットを生かしたまま、ずっと日陰の身に甘んじているだろうなどと本気で思っているのですか? ひとたび銀鉱があなたのものとなれば、ファラマンドはそれをわがものとすべく、あなたと結婚し、相続人の座を狙ったことでしょう。フェブラットばかりか、いずれあなたも使い捨てにされるのが目に見えていますよ?」

ファラマンドが目をすがめた。そのまなざしには殺意がみなぎっていた。

「よもやディームサッハのもとに戻り、このことを報告できるなどとは思っていまいな?」彼は静かな声で訊ねた。

フィデルマは穏やかな笑みを浮かべた。

「これから大勢殺すつもりだ、という宣言のつもりですか？　手はじめにファラッハと私を……そのあとは？　カラも殺しますか」

ファラマンドがものものしい長刃のナイフを抜いた。だが誰ひとり反応できぬうちに、彼は突然呻き声をひとつあげ、どうと倒れて気を失った。

その後ろで、カラが手の中の木槌をじっと見つめたまま立ちつくしていた。

「夫のフェブラットのことも同じように殴り倒しましたね？　ファラマンドと作男たちは昨夜牧場へ馬で乗りつけ、大声ではやし立てたりわめき散らしたりしながら駆けまわり、牧場が襲撃されているものとフェブラットに思いこませました。そして蹄の跡をごまかすため、榛の木の枝をみずからの土地からわざわざ運んできたのです」

カラは降参の身ぶりをした。

「人を殺すのはいやだったの。だからファラマンドにそういったのよ。彼の計画はすごくよくできてるって思った。誰に危害を加えるわけでもないし、フェブラットにもちゃんと手が差し伸べられて、しかも銀鉱はあたしたちのものになる。だけど人殺しだけは」

倒れ伏したファラマンドに屈みこんでいたファラッハが、ふと目をあげて顔を歪ませた。

「残念だが、その気持ちには折り合いをつけてもらわねばならんな、カラ。あんたはだいぶ強く殴りすぎてしまったようだ」

法定推定相続人

The Heir-Apparent

「先にいっておこう、こいつは厄介なことになりかねん！」

イー・リアハーン小王国[1]の族長であるクーアンの**ラー**〔城塞〕[2]の中庭を、シスター・フィデルマとともにゆっくりと横切って大広間へ向かいながら、**ブレホン**〔裁判官〕のデクランは悲観したように表情を曇らせた。彼らのほかにも大勢の人々が、翳《かげ》りつつある黄昏の中を、同じ方角をめざして歩いている。

「どうしてですか」フィデルマは答えた。彼女はアルド・ヴォールの修道院に向かうため、海岸沿いを旅している最中だった。旅の道程において、モアン王国内でもとりわけ強大かつ影響力のある**クラン**〔氏族〕のひとつであるイー・リアハーンの領土を通り抜けねばならなかったため、せっかくだからと、かつての仲間であるデクランを訪ねた。彼は、**ブレホン**のモラン師[3]のもとで法律を学んだ頃に机を並べた仲だった。ところがイー・リアハーンの**ラー**に到着してみると、なにやらただごとならぬ雰囲気だった。族長の法定推定相続人が鹿狩りで怪我を負った末に亡くなり、やがて喪が明けたあと、氏族の者たちは、族長の跡継ぎである新しいターニシュタ〔次期継承者〕の選定に入った。「どうしてですか」フィデルマは繰り返した。「族長の跡継ぎとして指名されているタラムナッハという人物は、反対の声があがるほど人望がないのですか？」

気難しく、陰気な顔立ちのデクランは、細面の顔に薄く笑みを浮かべ、かぶりを振った。

「族長のターニシュタ、すなわち法定推定相続人の選定は、ひと筋縄ではいかないものだ。一族の少なくとも三世代にわたる者たちによって会合をおこない、後継者となる者を投票によって決定する。血を分けた一族であるにもかかわらず、かならずといってよいほど内輪もめが起こり、こちらの派閥の意に適うものが、あちらの派閥では猛反対を受ける」

フィデルマは、賛成しかねるとばかりに鼻を鳴らした。

「すでに何世紀も前に、キケロ(4)ですら〝ベルーム・ドメスティークム〟――同族間の争いについて語っています。とりわけ目新しい事案ではありません」

「それはそうだが」デクランは認めた。「クーアンが甥であるタラムナッハを後継者に指名した以上、一族の争いはますます凄まじいものとなるだろう」

「なぜです？」

「まず、クーアンの実の息子のオーガイラにとっては、控えめにいっても面白くないなりゆきだろう。彼は十九歳だが、若さゆえに驕《おご》りたかぶっていて、自分が指名されるものと思いこんでいた。彼の母親のベラッハも同様で――つまり当然息子が指名されるものと思っていたので、夫に対して苦言を申し立てたともっぱらの噂だ」

「母親が子の出世を願うのはごく普通のことですわ」

「ベラッハは息子の将来を思って躍起になっている。わが子を溺愛していて、なにがなんでも願いを叶えてやりたいようだ。息子は今や母親より図体もでかくなり、やりたい放題だ」

フィデルマはやんわりと笑みを浮かべた。

「アリストテレスの言葉を憶えていますか？　子に対する母親の執着心が父親よりも強く、子を出世させたがる傾向が強いのは、母親が産みの痛みを経験しており、自分の子であるという自覚が濃いからだ、と」

デクランは顔をしかめた。

「確かに、オーガイラはクーアンよりもベラッハに似ている。クーアンがわが子ではなくタラムナッハを推したのもそれが理由だろう。オーガイラには慎み深さというものがなく、癇癪《かんしゃく》持ちで根に持つ性分だ。わずかでも侮辱されれば即座に短剣に手を伸ばす。未熟な若造で、うぬぼれが強く横柄で、批判はいっさい聞き入れない。つまりイー・リアハーンの族長の法定推定相続人にはふさわしくない人物だ。これは、オーガイラの又従兄《またいとこ》という権限においての意見だ」

「では、あなたもデルフィネ(5)のひとりとして票を持っているのですか？」

彼は肩をすくめ、ふいに笑みを浮かべた。

「すまない、フィデルマ。本来ならばわたしは族長のかたわらで、次の法定推定相続人が誰になるのかを宣言する選挙人団、すなわち族長のデルフィネの会合がつつがなく遂行されるよう見守るべき立場だというのに、つい感情が先走りして、分を超えたことを口にしてしまった。正式にいえばわたしはデルフィネの一員だが、ブレホンという立場上、投票は棄権するつもりでいる」

「私どもとて人間です、デクラン。感情を持たぬふりなどできません。肝腎なのは、私たちが法の専門家の一員として、おのれの感情は二の次とし、法の遵守に力を注いで、デルフィネの見解が誰の目にも明らかに示されるよう努めることです」

デクランは軽く首を傾けた。

「その点については心配無用だ。しかしながら、オーガイラとその母親はやはりなにか企んでいるようだ。しかもセルバッハまで」

フィデルマはふと考えこみ、それとなく訊《たず》ねた。「セルバッハとは?」

「わたしの従兄弟伯父《いとこおじ》だ。クーアンの実の弟だが、何年も前から兄とは折り合いが悪い。クーアンのやりかたを毛嫌いしたあげく、十年前に船上の人となり、海を渡ってカーナウ〔コーンウォール〕にあるイー・リアハーン一族の里を治めていた。支持者たちが自分を法定推定相続人に担ぎあげてくれることを期待して、今さら戻ってきたというわけだ。あちらでひと財産稼いできたものだから、ブリトン人が着ているような、流行りのローマふうのポケットのついた豪奢な服を身にまとって、まるで七面鳥の雄よろしく、気取り顔でそこらを歩きまわっている」

語気の強さに、フィデルマは軽く目を見ひらいた。

「支持者たちが法定推定相続人に担ぎあげてくれることを期待して、といいましたね、その期待は根拠に基づいたものなのですか？」

「彼を支持している縁者たちは何人かいる。おそらく数人のちいさな集団だろう。だが大勢《たいせい》はタラムナッハにある。とはいえわたしが懸念している厄介ごととは、会合において奸計と謀略が企てられることなのだ」

「法定推定相続人にはタラムナッハを選ぶべきだと？」

「むろんだ。彼はあらゆる点で優れている。さらに法を学んでもいて……」

「それは長所になりますかしら」フィデルマが悪戯《いたずら》っぽい笑みを浮かべた。

デクランは本気だった。

「彼はいかなるときにも節度があり、判断も的確だ。交渉もうまいし、なによりも、力のある者におもねることなく、民の下々《しもじも》にまで気を配っている」

「まさに、非の打ちどころのない人物ですわね」フィデルマは眉ひとつ動かさずにいった。

そこはすでにクーアンの大広間で、入口に灯るたいまつの明かりに照らされたデクランの姿を目にした人々が、かわるがわるふたりのもとへ挨拶にやってきた。全員が族長クーアンの血筋の者であり、クーアンが族長の座を退いた場合、あるいは族長の在任中に亡くなった場合には、デルフィネの構成員である彼らによって、彼のあとを継ぎ族長となる法定推定相続人が血族の者の中から選出されることとなっていた。族長や小国の王、あるいは大王《ハイ・キング》であっても、在位中に亡くなることはままあるが、存命中に位を退く場合が多い。こうした長《おさ》たちが統治をおろそかにしたさいには、その者を選出したデルフィネがふたたび会合をひらき、長たる者の位を剝奪して、族長や小王、あるいは大王の新しい法定推定相続人を承認する運びとなっていた。

デクランは何列かある証人席のひとつにフィデルマを案内した。並んで腰をおろしているのは修道士や修道女、法律家や歴史学者といった人々であり、デルフィネの構成員でなくとも、この場の傍聴人として、会合が法に則って進行されるべく見守ることとなっていた。デクランは準備を整えるため、フィデルマのもとを辞して、通用口の扉から大広間を出ていった。揺らめくたいまつやランプの炎に照らされた大広間は烟《けむ》っていて暑く、人いきれでむっとしていた。クーアン一族の者が少なくとも三世代この場におり、そのほとんどは男だった。とはいえ女性たちの姿もあり、なかでもとりわけ目立っていたのは、端のほうに腰をおろしている、鋭い目鼻立ちに黒っぽい瞳、険しい顔つきをした長身の女だった。フィデルマはこの、クーアン一族の直近の氏族であるデイク家の出身だというベラッハとはすでに顔を合わせていた。ベラッハは儀礼上この場に身を置いてはいたが、夫の後継者の選定における発言権はなかった。女性は父親のデルフィネの一員となることはできても、夫のデルフィネの一員となることは認められていないからだ。

この時代、女性が族長や王に選ばれることは稀だった。とはいえ女性が長となることが難しかったわけではなく、女性にも男性と同等の地位が与えられていた。じっさい、これまでにたったひとりではあるが、アイルランド五王国の大王《ハイ・キング》の位に就いた女性が存在する。歴代の王の年表から、フィデルマもそのことはすでに知っていた。女性を族長として選ぶばかりか、軍事指導者として選出した一族もいくつかあった。女性が法定推定相続人、すなわちバンフォマーバ〔女性相続人〕となるのは通例、後継者となるにふさわしい男性がいない場合であった。社会制度が氏族を基盤として考えられていたため、女性が跡継ぎとなると、婚姻により、爵位や領地が別の氏族の所有物となってしまうおそれがあったからだ。

『カイン・ラーナムナ〔婚姻に関する定め(6)〕』の条文にも、爵位または長の座、特に領地の相続権は女性の存命中のみ有効とされ、その後は女性の父親に権利を帰するものとする、と明記されていることはフィデルマも知っていた。動産に関しては、それが別の氏族の手に渡ることになる場合を含め、女性の夫や子が相続することは認められていたが、領地の権利の贈与はかならず同じ氏族内にとどめておかねばならなかった。族長の地位と領地を守るための措置であった。それゆえ女性の長は、みずからの地位を譲る相手となる法定推定相続人として自分の子を指名することはできず、その権利を父親のデルフィネに委ねねばならなかった。フィデルマはふと思いだした。そういえば、かつてそれほど遠くない昔、ブレホンのセンハ・マク・アイレラが、まさにこの件における女性の権利について誤った判決をくだし、女性ブレホンのブリーグ・ブリューゲッドが抗告裁判においてそれを正したではないか。

ふいにわれに返ると、デクランが入ってきて大広間を横切り、デルフィネの年長者たちの一団が着席している場所へ向かうのが見えた。彼が深刻な表情を浮かべ、そのうちのひとりの前で足を止めると、相手も立ちあがり、ふたりは面と向かって話しはじめた。年配の男はクーアンに瓜ふたつだったが、彼よりも若く、顔は皺《しわ》だらけで、黒々と日灼けしているのがフィデルマの見ている角度からでもわかった。内容までは聞き取れなかったが、どこかよそよそしい口調で、打ち解けた会話とはいいがたいようだった。しばらくしてデクランが踵《きびす》を返そうとしたところで躓《つまず》いてよろけ、相手の男にぶつかったように見えた。それから彼は体勢を立て直すと、おざなりに謝罪し、ふたたび大広間から出ていった。

ややあってデクランが戻ってきた。今度はイー・リアハーンの族長であるクーアンを伴っていた。ずんぐりとした身体つきをした赤髭の族長がみずからの席についた。その右側にすわっている見目のよい青年がタラムナッハだった。笑みを浮かべて堂々たるものだ。さらにそのあとから、従者の男が蜂蜜酒《ミード》の入ったマグをふたつ運んできて、族長と相続人候補との間のテーブルの上に置いた。フィデルマは、席についているベラッハをちらりと見やった。しかめ面だが、まっすぐに顔をあげている。そのかたわらには、ベラッハの息子であるオーガイラが椅子にふんぞり返っていた。十九歳とのことだが、知性を欠いた怠惰な若者だ、というデクランの描写がいかに正しかったかがフィデルマにも見て取れた。この場でおこなわれようとしていることにもなんら関心がないようすだ。

クーアンのブレホンであり相談役でもあるデクランが、ならわしどおり、族長のかたわらに立って静粛を呼びかけた。

「本日この場にお集まりいただいたのは、いたって簡潔な理由からである。ここに、イー・リアハーンの族長たるクーアンの法定推定相続人を選出するためである」とクーアンを振り向く。「誰か指名したい者はいるかね？」

族長が席から立ちあがった。

「わたしの後継者としてタラムナッハを指名する」彼は宣言し、ふたたび着席した。

「タラムナッハよ、この指名を受理するか否か？」

若者は立ちあがり、にこりと微笑んだ。

「お受けいたします」

「タラムナッハに対して異議のある者は？」いにしえより続く儀式の形式に従い、デクランが朗唱するようにいった。

「異議あり！」

大広間にいる全員のまなざしが、起立した年配の男に注がれた。その隣には、先ほどデクランと話していた男がすわっていた。フィデルマは思わず笑みを押し殺した。明らかにデクランは、予想外のことができるだけ起こらぬよう、このことをあらかじめ聞いていたにちがいない。彼は昔からそうだった。ブレホンのモランの学問所でともに八年間学んだ頃のままだ。あいつは相手の口から質問が飛び出すより先に答えを知りたくてたまらないのさ、と陰口を叩く同輩たちもいた。フィデルマはかぶりを振り、立ちあがった男の話に耳を傾けた。

「儂《わし》はクルーアン・マルトのイランと申す者、クーアンとその兄弟のブレッサル――タラムナッハの父親だ――とセルバッハの血縁にあたる。儂はこのデルフィネの第一世代の一員として、異議申し立ての権利を主張する」

クーアンもタラムナッハも驚いたようすはなく、タラムナッハにいたっては、先ほどから表情ひとつ変えず、あいかわらずにこやかに微笑んでいる。集《つど》った人々の間からも動揺の声はさほどあがらなかった。これが、ブレホンのデクランが予言していた〝厄介ごと〟であり、誰もがそれを予想していたことは明らかだった。

「では申し立てを述べよ、クルーアン・マルトのイラン」デクランがほぼ棒読みのような調子で告げた。

「儂の申し立てはこうである。法定推定相続人として、よりふさわしい人物がこの中にいる。知恵に富み、領土の外側を旅してさまざまな民の生きざまを見てきた人物だ。数世紀前のことであるが、かつてわれらの縁者たるデイク一族が、ダヴェド王国(7)に船をつけ、やがてカーナウなる土地に根づくこととなった。件《くだん》の者はわれわれの民が暮らすその異国の地へみずから赴き、そこでの生活を終えて戻ってきたところだ。節制を知り、学識と知恵に長《た》けた人物である」

「名はなんという?」

「みなよくご存じであろう、わが血縁の、クーアンの弟なる者——儂はセルバッハを指名する。儂の隣にすわっているこの者だ」

「立たれよ、セルバッハ、そして指名を受けるか否かを述べよ」

先ほどデクランに話しかけられていた年配の男が立ちあがった。

「お受けいたします」

ブレホンのデクランは立ったまま、静まり返った大広間を見わたした。

「ほかに異議のある者、あるいは指名をおこないたい者は?」

彼が、オーガイラとその周囲を取り巻く一団をちらりと見やったのをフィデルマは見逃さなかった。取り巻きはいずれも態度の横柄な若い男たちで、オーガイラの合図を待つように、ひそかに視線を交わし合っていた。オーガイラが彼らに向かって眉をひそめ、慌ただしくかぶりを振るのが見えた。

「誰もいなければ」デクランは続けた。「対立候補者についての討論に入らせていただく」

大広間が静まり返った。

「これよりそれぞれの候補者に、考え得るみずからの長所と心構えを述べていただく」デクランが告げた。「まず初めに、われわれの族長クーアンにより選ばれたタラムナッハ」

タラムナッハがゆっくりと立ちあがった。あいかわらず自信たっぷりに笑みを浮かべている。

「みなさん僕のことはご存じでしょうから、どこが長所なのかはそれぞれご自身でご判断いただければと存じます。みなさんがお認めになったものならば、偉大なる族長クーアンにもご満足いただけるでしょう。クーアンが素晴らしい指導者であることは疑いの余地もありませんが、真の偉大なる指導者となるためには、みずからのなし遂げたことを継続していく決断力と能力を備えた後継者を残せるかどうかにかかっています。僕はそういう後継者でありたいと思います。クーアンの命令は常に的確なので、民も進んで応じます。無理に従わせる必要はなく、道を示すのみでよいのです――これこそまさに、彼の優れた統率力のあらわれです。いっぽうで、彼はそれらのすべてに対する責任をおひとりで引き受けておられます――『わたしが間違っていた』と族長はよくおっしゃいます。『あの者たちが間違っていた』とはけっしておっしゃらない――これもまた、偉大なる指導者のしるしであり……」

ここまでの演説で、彼が一度も自画自賛の文句を口にしていないことに、フィデルマはある種の賞賛の思いを抱いた。タラムナッハは、みずからを指名した相手の手腕を褒め称えることにより、デルフィネの面々の心をすっかりとらえている。

「クーアンが数多《あまた》の困難な問題に取り組む姿を僕はずっと見てきました。族長の前には困難な問題ばかりが山積みとなり、族長としての責任を果たすためにはそうせざるを得ないからです。たやすく解決できる問題ならば、ほかの者でもこと足ります」

タラムナッハはふと黙り、咳払いをした。大広間を照らすたいまつの燃えさしから立ちのぼる、つんと鼻をつく空気のせいで、喉が嗄《か》れてしまったようだ。

彼は蜂蜜酒の入った小ぶりのマグのひとつを手に取り、ひと口飲んでから、ふたたびデルフイネの面々に向き直った。

「つまり、僕は……僕は……」彼は押し黙り、ふたたび咳払いをした。おもざしから笑みが消えて眉間に皺が寄り、やがて苦悶の表情が浮かんだ。彼は片手を伸ばしてふいに一歩前へ出ると、喉から苦しげな声を絞り出し、床にどうと倒れこんだ。

あちこちから驚愕の声があがった。大勢が立ちあがり、口々に叫びながら右往左往しはじめた。

デクランが薬師《くすし》を呼ぶ声を聞いてフィデルマも立ちあがった。ごった返す人々の間を分け入って進み出ると、デクランともうひとりがタラムナッハの上に屈みこんでいるのが見えた。その男はかぶりを振っていた。デクランが顔をあげ、フィデルマを見て険しい表情で顔を歪めた。

「死んでる」彼の声には怒りがにじんでいた。「いったではないか、厄介なことになる、と!」

フィデルマは人々の間を縫い、先ほどタラムナッハが口をつけたばかりの陶器のマグが置いてある場所へ向かうと、マグの中身に指先をつけ、鼻先へ持っていって匂いを嗅いだ。さらに、クーアンに近いほうのマグにも同じことを繰り返した。

彼女はぱっとデクランを振り向いた。

「このマグに誰も口をつけてはなりません。トゥレ・ルイヴ・エキニョールが入っています」鋭い口調でいいわたす。「匂いでわかります。彼は毒殺されたのです」

デクランは衝撃を隠せないようすだった。

「確かなのか？」彼は問いただした。トゥレ・ルイヴ・エキニョールは致死性の薬草だ。諷刺詩人クライデンベル(8)は食事にこの薬草を盛られて殺害されたともいわれている。フィデルマの表情を見て、デクランもそれ以上の質問を投げかけるのをやめた。

「全員、席に戻るように。誰もこの大広間から出てはならない」デクランが声を張りあげた。大広間の外から武人たちが呼びこまれて扉の見張りに立ち、デクランは、戸惑ったようすでまだ室内をうろついている人々を後目《しりめ》に、蜂蜜酒を運んできた従者を捕らえて大広間へ連れてくるよう命じた。

クーアンは呆然とすわりこんでいた。フィデルマは素早くあたりを見わたした。セルバッハの周囲には人々が集まり、なにごとか熱心に話し合っている。オーガイラはあいかわらずだらしない姿勢で椅子にすわったまま、面白いことになったぞといわんばかりに、冷めた笑みを浮かべている。だが取り巻きたちは動揺と不安を隠せないようすだった。クーアンの奥方であるベラッハだけが表情ひとつ変えることなく、われ関せずとばかりに無表情を保っている。

デクランは片手をあげ、小声でささやき合うデルフィネの面々を静まらせると、前に進み出た。

彼の目の前にはタラムナッハの亡骸《なきがら》が横たわっていた。

「タラムナッハは毒を盛られ、われわれの目の前で殺害された」彼は告げた。「動機は、われわれがここに集った理由を考えればおのずとわかることだ」

数人が、疑いのまなざしをセルバッハに向けた。

視線を向けられたほうは思わず立ちあがった。

「異議を申し立てる！」

「なにに対して異議を申し立てるのだ、セルバッハ？」デクランが穏やかな口調で訊ねた。

「な……なにをだと。貴様のつまらぬ勘繰りに対してだ！」セルバッハは怒りに舌をもつれさせた。

「わたしはなにも勘繰ってなどいない。動機について示唆したまでだ。今、毒を盛られた蜂蜜酒を運んできた先ほどの従者を呼びにやっている。幸運にも、この場にはシスター・フィデルマがおいでになる。〝キャシェルのフィデルマ〟のドーリイーとしての評判は、ここにいる大勢がご存じであろう。われらがコルグー王の妹君であり、イー・リアハーンにおいて裁定をくだすにもふさわしいおかただ。ぜひともこの犯罪の解決に力をお貸しいただけないものか訊ねてみようではないか」

デクランは請うように、フィデルマをちらりと見やった。彼女は一瞬ためらったが、やがて承諾のしるしに軽く頷いた。

「蜂蜜酒を運んできた従者は捕らえたか？」デクランが強い口調で、武人のひとりに訊ねた。

「捕らえてあります」武人がいった。

「連れてきなさい」

従者は白髪頭の年配の男で、途方に暮れて怯えているようすだった。いささか乱暴に人々の前へ押し出されたので無理もなかろう。恐怖のあまり、完全に震えあがっているようだ。

「さて、ムイレコーン、おまえにとっては雲行きがよろしくないようだな」脅すような口調でデクランが告げた。

フィデルマは思わず眉をひそめた。自分ならば、容疑者を取り調べるときにこういうやりかたはしない。彼女は前に進み出て、デクランの腕に軽く触れた。

「力を貸せといったのですから、私が訊問をしても構いませんか？」

デクランは驚いた顔で彼女を見やり、やがて肩をすくめた。

「むろんだ」

フィデルマは老齢の従者に向き直ると、力づけるように微笑みを浮かべた。

「あなたの名前はムイレコーンですね？」

「そうでございます」

「族長に仕えてどのくらい経ちますか？」

「クーアン様には十年、その父君の、先代の族長であられたクー・ホンゲルト様には二十三年お仕えしておりました」男は震える両手を胸の前で固く握りしめた。逃げ場所を必死に探している動物さながらに、落ち着きなく左右を見まわしている。

「心配しなくて大丈夫ですよ、ムイレコーン、真実さえ話してくださればよいのです」フィデルマは優しくいった。

男は慌てて頷いた。

「聖なる十字架にお誓いします、ほんとうのことをお話しいたします」

「この大広間に蜂蜜酒を運んできたのはあなたですね。私を含め全員がそれを見ています」

「おっしゃるとおりでございます。そのことは否定いたしません。しかし、まさか毒が入っていたなどとは」

「では、蜂蜜酒を運んできたときのようすを話してください。蜂蜜酒をマグに注《つ》いだのはあなた自身ですか?」

「そうでございます。厨房にある大樽からお注ぎいたしました」

「開けたばかりの樽でしたか?」

彼は首を横に振った。

「樽の中は半分ほどに減っておりまして、これまでにもその樽から何杯もお出ししております」

「蜂蜜酒を注いで大広間に運ぶようあなたに命じたのは誰ですか?」

男はぽかんとした表情を浮かべ、かぶりを振った。

「いえ、命じられたわけではございません。クーアン様とターニシュタ様が大広間で公式の会合をなさるさいには、かならずお飲みものをおそばに置いておくのがならわしとなっておりますので」

フィデルマがちらりと見やると、族長はいまだ衝撃から立ち直れずに呆然としており、こちらから声をかけて確認を促さねばならなかった。するとようやく、彼が同意のしるしに頷いた。

「そういうならわしだ」彼は虚ろな声で繰り返した。

「そのならわしは誰もが知っていることですか？」フィデルマは従者に向き直り、訊ねた。

「みなさまご存じです」ムイレコーンはきっぱりといった。

フィデルマはふと黙りこみ、やがて相手を励ますように笑みを浮かべた。

「続けましょう。あなたはふたつのマグに蜂蜜酒を注ぎ、盆の上に載せた。そのまますぐに大広間に入りましたか？」

ムイレコーンはかぶりを振った。

「いえ。厨房を出てそのまま控えの間に向かいましたが、クーアン様はまだおいでになっておりませんでした。そこで、控えの間にあるテーブルの上に蜂蜜酒を置き……」

「控えの間には、ほかに誰かいましたか？」

「ブレホン殿がいらっしゃいました」彼はデクランのほうに顎をしゃくった。「それから奥様、つまりクーアン様の奥方のベラッハ様に、族長のご子息のオーガイラ様、それに族長の弟君であるセルバッハ様……ああ、そういえば、そのすぐあとにタラムナッハ様も入っていらっしゃいました」

「そして、あなたは蜂蜜酒を置いた盆のそばで、族長があらわれるのを待っていたのですか？」

　ムイレコーンはかぶりを振った。

「タラムナッハ様から、クーアン様のお部屋を訪ね、みなさまがお待ちかねだとお伝えするようことづかりまして。私《わたくし》にそうお命じになられたとき、タラムナッハ様はブレホン殿とご一緒で、おふたりで話をされていました」

　フィデルマがデクランをちらりと見やると、彼は頷いた。

「そのとおりだ。わたしが控えの間に入ると、室内は彼が今話したとおりのようすだった。みな支度が整ったようだから、従者に命じてクーアンを探しに行かせてはどうか、とタラムナッハに声をかけたのはわたしだ」

　イー・リアハーンの族長がふいに前のめりになり、話しはじめた。だいぶ落ち着きを取り戻したようだ。

「彼のいうとおりだ。ムイレコーンがわたしの部屋へやってきて、みなさまお揃いであなた様をお待ちです、といった。そこで彼とともに控えの間に向かうと、デクランとタラムナッハが待っていた」

　フィデルマがはっと顔をあげた。

「控えの間にいたのはデクランとタラムナッハだけでしたか？　そのほかの人たちは、どのような順序で出ていきましたか？」

すこし離れたところから年配の男が立ちあがった。セルバッハだ。

「最初に控えの間を出たのはわたしだ。ほんとうなら、大広間で会合が始まる前に、わたしが異議を唱えるつもりであることを、前もって兄にひとこと申し入れておきたかった。だがタラムナッハをはじめ、兄の奥方や息子もいたので、兄とふたりきりにはなれそうになかった。そこでわたしは席を立ち、大広間へ行った」

低い笑い声があがった。オーガイラだ。

フィデルマはくるりと振り向くと、若者をまじまじと観察した。

オーガイラは椅子にふんぞり返ったままで、一連のやりとりにさも退屈しきっているという表情だった。小馬鹿にしたような笑みをあいかわらず顔に貼りつけている。

「では、あなたはいつ控えの間を出ましたか？」フィデルマはあえて朗らかな声で訊ねた。

オーガイラは姿勢を正しもしなかった。

「あいつのあとさ」彼はセルバッハのほうへ顎をしゃくりながら、気だるげにいった。

誰かが大きな咳払いをした。

「ひとことよろしくて……？」

フィデルマは、いかにも気位の高そうなベラッハを振り向いた。

「デルフィネに属さない女は発言禁止ですよ、母上」せせら笑うようにオーガイラが口を挟んだ。

フィデルマはすぐさま笑みを浮かべた。

「けれども今おこなわれているのはデルフィネの会合ではなく、法に基づいた取り調べです。ベラッハ、あなたには話す権利があります」

ベラッハはフィデルマに向かって、軽く首を傾けた。

「息子と私は、セルバッハにすこし遅れて控えの間をあとにいたしました。セルバッハがタラムナッハと言葉を交わしているのには気づいておりましたが、ふたりがなにを話していたのかは存じません。タラムナッハは控えの間を出ていきましたが、向かったのは大広間ではありませんでした。セルバッハはしばらく待っていましたが、やがて控えの間を出ていきました。オーガイラと私もそのあとに席を立ち、大広間へまいりました。私が申しあげるべきことはそれだけです」

「蜂蜜酒のマグは、その間もずっと控えの間のテーブルの上にありましたか?」

オーガイラが静かに笑い声をたてた。

「当たり前だろ、ドーリィー殿が推理たてまつるまでもない」

フィデルマは表情ひとつ変えずに振り返り、彼に向き合った。

「ものごとを観察するさいにおしなべていえることですが、坊っちゃん」彼女はわざと〝坊っちゃん〟を強調してみせた。若者の顔にさっと赤みが差した。自分は大人の男だと自負していたからだ。「ものごとを観察しようとするとき、人というものはたいがい、自分が見ようとするものだけを見てしまいがちです。ゆえに、裏づけとなる証拠がないかぎり、なにごとに関しても当たり前などということはあり得ないのです」

彼女はふいにデクランを振り向いた。

「そのとき、あなたは蜂蜜酒の置いてあった控えの間にひとりだったということですね」

ブレホンのデクランはしばし彼女を見つめると、やがて満面に笑みを浮かべた。

「というわけでもない。オーガイラと母君が出ていこうとしたときには、タラムナッハが戻ってきていた」

「ではひとりきりではなかったのですね」

「じつは」デクランが考えながら、いった。「控えの間にタラムナッハがひとりだった瞬間はあった。彼がふたたび入ってきた直後に、わたしはクーアンが来たかどうかを確かめようと、一度部屋の外に出たのだ」

「つまり、タラムナッハには自分の蜂蜜酒に毒を盛る機会があった、とおっしゃりたいのですか?」フィデルマは薄く笑みを浮かべた。

「ひょっとしたら、父上を狙ったものだったのかもしれないぜ」オーガイラのせせら笑うような声がふたたび響いた。「どうせ、あの気の毒な馬鹿がうっかりマグを間違えて、父上に飲ませようと思ったほうに自分で口をつけちまったんだろうよ」

フィデルマは怒りのまなざしを彼に向けた。

「先ほど、ものごとを観察するということについて話してさしあげたばかりですが。まさにそれこそ、あなたが時間をかけて鍛錬《たんれん》すべきことだと思いますよ、オーガイラ。あなたに観察力さえあれば、私が両方のマグを調べていたことに気づいたはずです。どちらのマグにも毒が入っていました。今回のことをおこなった人物は、死ぬのがクーアンでもタラムナッハでもどちらでも構わなかったのではないでしょうか。いっそふたりとも死ねばよいと思っていたのかもしれません」

ふいに、大広間の中がしんと静まり返った。

フィデルマはセルバッハを見やった。

「タラムナッハはあなたと話をしたあと部屋から出ていった、と伺いました。それは正しい観察に基づいたものですか?」

セルバッハはふと考えこんだ。

「そうだ」

「タラムナッハとはなにを話していたのですか?」

セルバッハは口もとを歪めて苦笑いをした。

「あることで少々揉めたのだ。だからこそ、今われわれがこの場にこうして集まっているのだが。わたしは、イランが異議を申し立てるつもりであり、わたしを指名しようとしていることをタラムナッハに話した。一族の断絶を防ぐためには、われわれがたがいに譲歩すべきではないかと思ったからだ。だが一笑に付されてしまった。彼は、おのれが圧倒的な支持を得るものと信じて疑わなかった」

「そういう自分はどうなのだ、セルバッハ？」しばしの静寂ののち、デクランが口をひらいた。

「支持される自信がなければ、そもそも候補者として指名を受けたりはせぬ」

「しかもどうやら、ひとりだけ生き残った候補者におなりあそばしたようだが」当てこするようにデクランがいった。

セルバッハの頰に赤みが差した。

「またしても含みのあるいいかたをするのだな、われらが血縁のブレホンよ。堂々と告発する度胸はないのかね？」

デクランが一歩前に踏み出した。

「あなたは――自分からそうしたとはいえ――兄であるクーアンの政《まつりごと》が気に入らないからと、異国の地へ渡っていったではないか。氏族における責任を放棄しておきながら、いざ権力を握る機会が訪れたと見るや、のこのこと戻ってくるとは。どうせ地位が目当てなのだろう。この地位に対する野心をどれだけ抱えて、それを手にすべくどれほどの準備を整えてきたのだ？」

セルバッハの顔は怒りで真っ赤に染まっていた。かたわらのイランがたったひとりで、今にも飛びかからんばかりの彼を押さえつけていた。

「デクラン！」フィデルマはかつての同輩のふるまいに静かな怒りをおぼえた。「これはブレホンにあるまじきおこないです」

デクランはしばらくの間、口を固く結んだまま立ちつくしていたが、やがて肩の力を抜いた。

「すまなかった、フィデルマ」振り向いた彼は笑みを浮かべていたが、そこに温もりはなかった。「わたしは優秀なブレホンとはいえないようだ。しかしこれは身内の問題であり、わたしの又従弟《またいとこ》であるタラムナッハが、そこに死んで横たわっているのだ」

フィデルマは頷いた。

「だからこそ、この訊問の続きは私が引き受けるべきなのです。あなたでは身近すぎて、冷静な判断がくだせません」

デクランは唇を一瞬引き結び、やがて肩をすくめた。

「では続きを」ブレホンは、もはや空席となったタラムナッハの椅子に向かうと腰をおろし、見守る体勢に入った。

そこでフィデルマは族長を振り向いた。「クーアン、ではそろそろ、あなたのご許可をいただいて、武人たちにタラムナッハの遺体を外へ運び出させたいのですが」

族長は武人のひとりに向き直り、そのように指示をした。

大広間の人々がしだいにざわめきはじめた。

「セルバッハ、構わないようでしたら、もう二、三、質問があります」フィデルマはふたたび口をひらいた。「ぜひ伺いたいのですが、このデルフィネの投票で選ばれるのはひとりだけです。タラムナッハと、いかにしてたがいに譲歩するおつもりだったのです？」

「わたしは彼に提案したのだ。わたしが指名されることに賛成して身を引いてくれれば、いずれわたしが族長になったあかつきには、おまえをわたしの法定推定相続人にしてやる、と」

大広間のあちこちから息を呑む音がした。

クーアンのおもざしが怒りに歪んだ。

「そんなに早くわたしにこの座を退かせたいのか、弟よ？」その声が剣呑《けんのん》な響きを帯びた。

「たった一歳しか違わぬというのに。後継者に選ばれたとして、それでいつ、おまえはわたしの後釜にすわる算段だったのだ？」

セルバッハは怯まなかった。

「長の座に年齢が関係あるとは初耳ですな、兄上」彼はいい返した。

デクランは咎《とが》めるような口調で、だが立ちあがることはなく、いった。

「もっともだが、セルバッハ、すでにここにいる多くの者は結論をくだしつつある」

フィデルマは不快感もあらわにくるりと向き直った。

「ここでただひとつの結論をくだすことができるのは、私たちが事実を知り、それを真実として結論づけたときだけです。セルバッハはたった今、黙っていたほうが自分にとっては得だったかもしれないにもかかわらず、みずからの見解を包み隠さず述べてくださいました。タラムナッハはなぜ控えの間から出たのでしょう？」彼女はセルバッハを振り向くと、やにわに問いかけた。

　族長の弟は肩をすくめた。

「残念ながら、そこまで大層なことではない。用を足しに行ったというところだろう。とはいえ、彼がもはやわたしの折衷案を受け入れるつもりがないのは明らかだったので、わたしはその場を離れた。先ほども申しあげたが、そのとき部屋に残っていたのはオーガイラとその母親、それからわれわれの親族たるブレホンだ」

「蜂蜜酒には気づきましたか？」

「気づいたとも。従者のムイレコーンがテーブルにマグを置いたとたん、オーガイラの若造がそのひとつに手を伸ばしたのだ」

　フィデルマは軽く両眉をあげた。

「飲んだのですか？」

「飲まなかったのさ、ありがたいことにな！」オーガイラの高笑いが、取り巻き連中の輪にもひろがった。「あんたの観察力とやらでも、せいぜい俺が生きてることくらいはわかるだろ、ドーリィー様々」

「あなたという存在の中に命が息づいているかといわれれば疑問の余地がありますね、坊っちゃん」フィデルマはぴしゃりとやり返した。「命というよりはむしろ放蕩が巣くっているようにお見受けしますが。とはいえ、蜂蜜酒が控えの間のテーブルに置かれたときのあなたの反応は、あたかもそこに毒が入っているのを知っていたかのようです。そのあたりを私たちにも詳しく話してもらえますか？　毒が盛られているとわかった理由を」

オーガイラの顔が怒りに赤く染まった。

「知ってたわけじゃない……そんな気がしただけだ」

フィデルマは皮肉っぽく笑みを浮かべた。

「おや、ただの憶測だったのですか？　つい先ほど私たちは、当て推量でものをいうことについてお話ししたばかりではありませんこと？」そして鋭い声でいった。「マグを手に取ったにもかかわらず、蜂蜜酒を飲まなかったのはなぜです？」

「私が止めたからです」ベラッハのきっぱりとした声が響いた。

フィデルマは彼女を振り向いた。

「理由をお聞かせ願えますか？」

女はあいかわらず無表情を貫いていた。フィデルマを見ようとすらしない。

「至極単純な理由ですわ。あの場にあった蜂蜜酒は、そもそものならわしとして、私の夫とそのターニシュタのために運ばれてきたものだったからです。しかも……」

「しかも？」いいよどんだ彼女を、フィデルマが促した。

「しかも息子は、このデルフィネの会合に来る前から、すでにかなり酔っておりましたので」

オーガイラが腹立たしげにうなり声をあげたが、フィデルマは見向きもしなかった。

「包み隠さずお話しくださってありがとうございます、ベラッハ」穏やかな声でいう。「ご子息の失態を認めるのはたやすいことではありませんでしょうに」

オーガイラは取り巻きの若者たち数人とともに立ちあがり、扉へ向かおうとした。

「待ちなさい！」フィデルマは声をあげた。「席を立つ許可はしていません」

オーガイラが嘲るようにちらりと振り返った。

「ここじゃあんたにはなんの権限もないんだよ、キャシェルの女」彼はせせら笑った。「続きはいくらでもほかの連中にほざいてりゃいい、だが俺は族長の息子だ、だから好きにさせてもらう。修道女のおべべをまとった女ごときに指図されるいわれはないんでね」

彼は踵を返し、仲間たちを急かして出ていこうとした。

「武人たちよ！　その者らを止めよ！」

大広間に響きわたったのはクーアンの鋭い声だった。武人がふたり前に出て、若者たちの行く手を塞いだ。族長は激怒に震えていた。

「わが息子がこれほどの恥知らずとは！」彼は声を荒らげた。「席に戻れ。おまえも、腰巾着《こしぎんちゃく》の連中もだ。そして、よいといわれるまで席を立つことは許さぬ。おまえが真面目に学んでさえいれば、ドーリィーの権限に対し、またわれらが王たる〝キャシェルのコルグー〟の妹君の権限に対し、軽々しく手向かうべきではないことをきちんと理解していたであろうに。おまえの無知は、族長であるわたしの恥であるばかりか、われわれ一族の、ひいてはわれわれ氏族の恥だ。かように無知をさらけ出したことにより、未来永劫、おまえは族長に選ばれることもなければ、あらゆる要職を望むことすら叶わぬであろう。この役立たずめが！」

大広間に死に絶えたような静寂がひろがった。クーアンに叱責され、オーガイラと取り巻きの若者たちは青い顔をして、黙りこくったまま席へ戻った。

「〝キャシェルのフィデルマ〟、心よりお詫び申しあげる。あなたへのかような侮辱に対し、謝罪の言葉ではとうてい足りないことは承知の上だ。科料を支払う心づもりはできている」

フィデルマは重々しく頷いた。

「オーガイラを起立させ、私のほうを向かせてください」

若者は億劫そうだったが、「オーガイラ！」と父親から鋭い声を浴びせられ、不機嫌そうにのらりくらりと立ちあがった。

「よいですか、坊っちゃん、あなたの無知という闇を照らしてさしあげましょう。わが国の法律では、侮辱的言動はとりわけゆゆしき問題とされています。今、私が申しあげているのは、なかでも公職の者に対する侮辱的言動のことです。というのも、私は殺人捜査に携わるドーリイーであるからです。その点においては、たとえ一国の王であろうと、捜査を進めるうえでは私に優位があることを認めねばなりません。『後ブレハ・ネメド』〔『詩人等に関する法律』[9]〕と呼ばれる法典には、なにが侮辱罪にあたり、それらを相手に与えた場合にはいかなる罰則を求められるかが明確に記されています。侮辱罪では、侮辱された人物の〈名誉の代価《オナー・プライス》〉が請求されることとなります」

「姫様！」ベラッハが絞り出すような声をあげた。「この子はそのような大金は持っておりませぬ。あなたは王妹にして誉れ高きドーリィー殿。つまりあなたの〈名誉の代価〉は少なくとも七カマルすなわち乳牛二十一頭ぶんです。支払いを拒否、あるいは支払う能力がない場合、労働によって〈名誉の代価〉を支払うに足る蓄えを得るまで、あらゆる権利と自由を奪われると法で定められていることは私も承知しております。このままでは、この子は身分も領地も失い、使用人となるよりほかありません。ほかに手はございませんの？　なにか方法は？」

　オーガイラは顔面蒼白だった。母親の懇願を耳にして、みずからが犯した罪の重大さに、ここで初めてようやく気づいたようだ。

　フィデルマは立ったまま、しばし思案を巡らせた。

「罪を見過ごすことはできません。なぜなら法典には、王または族長が侮辱を受け入れるということは、おのれの〈名誉の代価〉をないものとして認めるのと同じ、と記されているからです」彼女はいった。「その青年は未熟な愚か者ですが、〈選択の年齢〉を二歳過ぎているのですから、とうに善悪の判断ができてしかるべきです。とはいえ、彼が自力で賠償を減らす方法がひとつあります。侮辱的言動がおこなわれたさいに現場にいた全員の前で、彼が心からの謝罪を述べれば、法で定められた科料を減額することが可能です」

「謝罪しますとも、姫様」ベラッハはいい、不安げに前へ進み出ようとしたが、フィデルマは片手をあげてそれを制した。

「腹を立てたままの、怒りが収まらぬうちの謝罪では有効ではありません。そこにいるオーガイラは強制的に席へ戻らされ、起立させられてむくれています。賠償の件を知った今ならば、心にもないことですら口にするでしょう。ここはいったん彼をすわらせて、この審理を最後まで聞かせることにいたしましょう。みずからの責任についてよく考えさせるのです。というのも、彼とともにここを出ていこうとした三名の若者たちは、自分たちがなにをしようとしているのかにすら気づかず、誤った忠誠心に従い、彼についていっただけなのですから——賠償を支払うべきはオーガイラであって、彼らに責はありません。どなたか、法律と科料について、また私どもの法がなぜ侮辱罪をそれほどまでに厳しく糾弾《きゅうだん》しているのかを彼に助言してやってください。それが終わったら、明日の午後にふたたび全員を集め、彼がほんとうにそのことを理解し、心から悔い改めているかどうかを訊ねようではありませんか」

　クーアンが慌ただしく頷いた。

「そのとおりにいたそう、フィデルマ、われわれはあなたの正義と見識に感謝を申しあげる。着席するがよい、オーガイラ、おまえがふたたび口をひらいてよいのは、ドーリィーから具体的な質問を受けたときのみだ。そのときには敬意を持って返答するように」

フィデルマは大広間に集った人々に向き直った。

「もはやそれほどお待たせすることはないでしょう。この殺人の真相がしだいに見えてまいりました」

その言葉に、みなが注目した。

ブレホンのデクランは頷いた。

「われわれも同意見だ、フィデルマ」彼はいった。「このことで利益を得る者はひとり、そしてその機会が得られた者もひとりだ」

フィデルマはちらりと彼に目を向けた。

「大まかにいえばそうともいえますでしょう。ですが、あなたにはそれが誰なのかおわかりですの？」

「なに、難しいことではない」デクランは自信満々に答えた。

フィデルマは従者のムイレコーンを見やった。

「確かに、ムイレコーンには毒を盛る機会がありましたね？」

年配の男は呻き声をあげ、よろめいた。

「私ではありません、違います」半泣きだ。

「むろん彼ではない」デクランがきっぱりといった。「この哀れな男が唯一関わっているとすれば、樽から蜂蜜酒を注いで控えの間に運んだものの、それをそのまま放置したせいで、毒薬の小瓶の中身をこっそりそこに入れる隙を殺人者に与えてしまったことだけだ」

「結構です、デクラン。ではまず動機についてよく考えてみましょう。私たちのかつての師、ブレホンのモランが常におっしゃっておられましたね？　かような事件では、動機さえ摑むことができれば、犯人に確実に近づくことができる、と。人間のおこないは、願望に背中を押されてなしたものであるか、あるいは恐怖に追い詰められてなしたものであるかのどちらかです。今ここで問題となっている動機が、恐怖に迫られたからという理由でないならば、願望に後押しされたからにちがいありません。なにかを得たいという願望だったのでしょうか？　ではなにを？」

デクランはにやりと笑みを浮かべた。

「話しかたは昔と変わらないな、フィデルマ。まさしく、今回のことはあるものを得るためにおこなわれたことだ。タラムナッハを排除し、ターニシュタの座を手に入れる。それが犯人の目的であり、求めるものだった。そしてむろん、タラムナッハがいなくなれば得をする人物がこの場にひとりいた。オーガイラではない。このデルフィネにおいて彼に票を入れるものなど、三人の取り巻きどもや親族のほかにいるはずがないとすでに証明されている」

「確かにそのとおりです」フィデルマは同意した。「あなたの推理の続きを聞かせてください」

セルバッハがふたたび立ちあがった。

「その必要はない」

人々の間から息を呑む声があがった。

フィデルマは眉をひそめた。

「なぜです?」彼女は問いただした。

「彼の推理の終着点はわかりきっている。最初からずっとそうだったように、彼は、わたしが犯人だと名指ししているのだ」

「あなたはそれを認めるのですか?」

「神に誓って、わたしは無実だ!」セルバッハが嚙みついた。

「だが自分には動機があり、機会もあったことは認めるのだな?」デクランが勝ち誇ったようにいった。

「動機はあったかもしれません、ですが機会はどうでしょう……?」

フィデルマの声はほぼため息に近いほどかすかだったが、それでも、目という目がいっせいに彼女のほうを見た。

「思いだしてみてください」人々の注目が自分に集まると、彼女は続けた。「ムイレコーンは蜂蜜酒を持って控えの間に入り、盆を置きました。そこには誰がいましたか?」誰も答えなかったため、フィデルマはさらに言葉を継いだ。「ブレホンのデクラン。タラムナッハ。セルバッハ。ベラッハ。オーガイラ」

彼女は名前をいうたびに左手の指を折ってみせた。

「この段階では蜂蜜酒に毒は入っていなかった、とムイレコーンが証言しています。さて、デクランとタラムナッハはふたりで話をしていました。時間も迫っているのに、クーアンの姿がまだないことに彼らは気づきました。そこで、会合の準備が整ったと彼に知らせるよう、すぐにムイレコーンが族長の部屋へ遣いに出されました。このとき蜂蜜酒はテーブル上に置かれたままでした。オーガイラがそれを手に取り飲もうとしたところ、母親に止められました。これは、オーガイラにとって毒を盛る絶好の機会だったのでは？　お待ちなさい！」ベラッハが抗議の声をあげようとするのを、フィデルマは片手をあげて制した。「彼がやったとは申しておりません。ですがよく考えてみてください。彼にも動機はありました。というのも、デクランのいいぶんがどうであるにせよ、この坊っちゃんは、拝見したところたいへんに傲慢な御仁で、このデルフィネにおいて自分が支持される可能性がなくはないなどと思っていたからです。思いあがったあげく、タラムナッハさえ排除してしまえば自分にも機会が巡ってきて、父親にも目をかけてもらえるかもしれない、と考えたのかもしれません。ところが彼はマグのひとつを手に取って飲もうとしたところを止められ、室外へ連れ出されてしまいました。彼がそのマグに毒を盛ることは可能だったかもしれませんが、ふたつめのマグにまで毒を盛ることはできなかったでしょう」

かすかなざわめきが響く中、彼女は筋道立てて話を続けた。

「その間に、タラムナッハはデクランから離れてセルバッハと話をしに行きました。セルバッハは彼に取引を申し出ました。今回は身を引いてくれ、そうすればわたしが族長になったあかつきにはおまえをターニシュタにしてやる、と。さほど腹黒い提案というわけでもありませんでした。セルバッハはそれ以外にもなにかしら約束を交わしたはずです」

「ささやかながらカーナウに財産がある。それを譲るといった」彼は認めた。

「結構です。しかしタラムナッハはあなたの提案を鼻であしらいました。そして控えの間をあとにして、セルバッハの言葉を借りれば、用を足しに行きました。そこまでは合っていますか？」

セルバッハは頷いた。

「そしてタラムナッハが控えの間を出た直後、あなたはこの大広間に入ってきたのですね？」

「そうだ」

「これはベラッハも同様に証言しています。セルバッハが出ていき、そのあと彼女と息子も大広間へ行った、と」

「おっしゃるとおりです」ベラッハがいった。「セルバッハが大広間へ向かったあと、すぐに私どももそちらへまいりました」

フィデルマは穏やかな微笑みを浮かべた。

「さて、これでセルバッハとベラッハとオーガイラがこの大広間に入ってきたところについては、私たち全員の知るところとなりました。ではどなたか、この三名が入ってきたあとから、クーアンと、タラムナッハと、酒を持った従者があらわれるまでどのくらいの時間があったのか、おわかりになるかたはいらっしゃいませんか？」

答えたのはクルーアン・マルトのイランだった。

「せいぜい十分間というところだったろう」

「なるほど、クーアンと従者のムイレコーンによれば、彼らが控えの間に到着したときには、用を足しに行っていたタラムナッハがすでに戻ってきておりそこにいた、とのことでした。彼はデクランとふたりきりで控えの間にいた。合っていますか？」

クーアンがそのとおりだと認めた。

「しばしの間、控えの間にひとりきりだった人物がいますね」フィデルマが静かな声で告げた。

デクランが立ちあがった。

「わたしを告発しているのかね、フィデルマ」彼は怒りをあらわにした。「ならばひとつお忘れのようだ。わたしは、ベラッハとオーガイラのあとからこの大広間へ来て、セルバッハと話をした。セルバッハがしらを切ろうと、イランという証人がいる」

クルーアン・マルトのイランはばつが悪そうだった。

「確かにそのとおりだ」彼は認めた。「あんたはセルバッハに話しかけていた」

「ご心配なく、デクラン」フィデルマは続けた。「あなたが入ってきてセルバッハに話しかけていたところなら、私も見ていました」

デクランは安堵の笑みを浮かべた。

「ではこの駆け引きを終わらせるとしよう。得をするただひとりの人物、セルバッハの取り調べを命ずる。毒の入っていた小瓶がかならず見つかるはずだ」

「でたらめを！」セルバッハが抗った。

大広間にどよめきが起こり、フィデルマは人々を落ち着かせようと両手をあげた。みなを静まらせるまでにしばらくかかった。

「取り調べの必要はありません。セルバッハの革の胴着《ジャーキン》のポケットには、空《から》になった毒入りの小瓶が入っていることでしょう」

慌ててポケットに手を突っこんだセルバッハのおもざしがさっと青ざめた。

「違いますか、セルバッハ？」フィデルマが呼びかけた。

男は声も出ぬまま、小瓶を片手に握りしめていた。

「武人たちよ、セルバッハを捕らえよ」デクランが勝ち誇った声で告げた。

「なりません！」フィデルマは叫ぶと、大きく一歩進み出て彼らの間に割って入った。「捕らえるべきはブレホンのデクランです。セルバッハのポケットに小瓶を入れたのは、ほかでもない彼の手なのですから」

みなが呆然と静まり返った。

デクランは驚愕の表情で彼女を見つめた。

「なにをいっているんだ、フィデルマ？」怒気をにじませようとするも、その声はどこか力を失っていた。

「二杯のマグに毒を盛るのにそれほど長い時間はかかりません。あなたの計画が周到に用意されたものだったのか、それとも出来心からのものだったのか、私には測りかねていました。あなたは、従者にクーアンを呼びに行かせたらどうかとタラムナッハに勧め、酒が無防備なまま置いていかれるように仕向けたのです。ベラッハと彼女の息子が部屋を出ていったと見るや、あなたは小瓶の中身をマグに空け、そしてふたりのあとから大広間に向かいました。たとえほかの誰かが控えの間に残っていたとしても、あなたはなんらかの方法を見いだして酒に毒を盛ったことでしょうけれど。それからこの大広間にあらわれて、あたかもセルバッハと話したがっているようなふりをしたのです」

「異議を申し立てる心づもりは変わらないのか、と訊ねようとしていたのだ。彼に訊《き》いてくれてもいい」

「なぜ控えの間にいるうちに訊ねなかったのです？　大広間へ出てきて、衆人環視の中で彼に問う必要がありましたか？　あなたは振り向きざまに躓いたふりをして、ひそかに彼のポケットに小瓶を忍ばせました。この会合の前にも、あなたは私に向かって、それは非難がましく口にしていたではありませんか。セルバッハは流行りの、ブリトン人が着ているようなローマふうのポケットのついた服を身にまとっているのだ、と」

「だがわたしになんの動機があるというのだ？　ブレホンたるこのわたしに」デクランが答えた。

「ブレホンでは長にはなれないのですか？」フィデルマがいい返した。「あなたはこのデルフィネの一員であり、地位を得ることが可能です。そもそも、あなたはタラムナッハとオーガイラの又従兄です。あわよくば、クーアンとタラムナッハの両者が毒死してくれればと目論んでいたのではないですか。あなたはとことんまでセルバッハを追い詰めていました。疑惑の目を彼に向けさせて排除してしまえば、残ったオーガイラを支持する者などまずいないとわかっていたからです。そののちにラフトゥレ、すなわちこの氏族の財産管理人としてみずから名乗りをあげ、妨げとなる者たちをさらに排除して、いずれは族長の座に就くという算段だったのでしょう。ところがじっさいに命を落としたのはタラムナッハだけだったため、とりあえず計画どおりにセルバッハを排除したあと、いずれクーアンを説得し、みずからを法定推定相続人に指名させるつもりだったのではありませんか」

フィデルマはゆっくりとかぶりを振った。

「あやうく騙されるところでしたわ、デクラン」

クーアンが立ちあがり、顔面蒼白となったブレホンの身柄を確保するよう武人たちに命じた。

「どこで気づいたのだね、フィデルマ？」彼は穏やかな声で訊《たず》ねた。

「疑問に思っていたのです。なぜデクランはここまで強引にセルバッハに罪を着せたいのだろう、と。真のブレホンたる者は、彼がしたように、みずからの職務を失念するようなことがあってはなりませんし、けっして公平を欠いてはならないものです。とはいえ、じっさいに私の注意を惹き、事実を教えてくれたのは、毒の入った小瓶、とデクランが口にしたことでした。マグに入れられた毒が、ほかの方法ではなく、小瓶から注がれたものだとなぜわかったのでしょう？　小瓶を用いなくても、毒を盛る方法ならばいくらでもあります。手口を知っているのは犯人だけです。そのとき、彼が躓いてセルバッハにぶつかった真の理由が浮かんできたのです」

武人たちがデクランを引っ立てていくのを、フィデルマは悲しみに満ちた目で見つめた。

「ブレホンの法衣をまとい、法に基づいて他人を裁く立場にある者こそ、法に従うという神聖な義務を果たさねばならないものですのに」

訳　註

みずからの殺害を予言した占星術師

1　ブレホン＝古いアイルランド語でブレハヴ。古代アイルランドの〝法官、裁判官〟で、〈ブレホン法〉に従って裁きをおこなう。彼らはひじょうに高度の専門学識を持ち、社会的に高く敬《うやま》われていた。ブレホンの長《おさ》ともなると、司教や小国の王と同等の地位にあるものとみなされた。

2　フィデルマ＝この《修道女フィデルマ・シリーズ》の主人公。シリーズの中で、七世紀アイルランド最大の王国モアン（現在のマンスター地方）の数代前の王ファルバ・フランの娘であり、現モアン王コルグーの妹と設定されている。したがって正式名称は、モアン王国の王都であり王家の居城のある地名キャシェルを冠して〝キャシェルのフィデルマ〟。

しかし、五世紀に聖ブリジッドによってギルデアに設立された修道院に所属していた時期には、正式な呼称として〝ギルデアのフィデルマ〟とも称されていた。修道院で学んだキリスト教文化の学識を持つ尼僧であるとともに、アイルランド古来の文化伝統の中で、恩師〝タラのモラン〟の薫陶《くんとう》を受けた法律家でもある。

3 キャシェル＝現在のティペラリー州にある古都。町の後方に聳《そび》える巨大な岩山〈キャシェルの岩〉の頂上に建つキャシェル城は、モアン（マンスター）王国の王城であり、のちには大司教の教会堂ともなって、古代からアイルランドの歴史と深く関わってきた。現在も、この巨大な廃墟は、町の上方に威容を見せている。

4 ドーリィー＝古代アイルランド社会では、女性も、多くの面でほぼ男性と同等の地位や権利を認められていた。女性であろうと、男性とともに最高学府で学ぶことができ、高位の公的地位に就くことさえできた。古代・中世のアイルランド文芸にも、このような女性が高い地位に就いていることをうかがわせる描写がよく出てくる。このシリーズのヒロイン、フィデルマは、このような社会で最高の教育を受け、ドーリィー〔法廷弁護士。ときには、裁判官としても活躍することができた〕であるのみならず、アンルー〔上位弁護士・裁判官〕という、ごく高い公的資格も持っている女性で、国内外を舞台に縦横に活躍する。古代アイルランドの学者の社会的地位は、時代や分野によって若干違いがあるようだが、だいたいにおいて七階級に分かれていた。最高学位がオラヴ、第二位がアンルーなのである。フィデルマは、むろん作者が創造した女性ではあるが、けっして空想的なスーパー・ウーマンといった荒唐無稽な存在ではなく、じゅうぶんな根拠の上に描かれたヒロインである。

5　アイルランド五王国＝エール五王国（原文では、ほとんど〝アイルランド五王国〟が使われているので、混乱を避けて、訳文は〝アイルランド五王国〟に統一）。エールは、アイルランドの古名のひとつ。語源は、神話のデ・ダナーン神族の女神エリュー。七世紀のアイルランドは、五つの強大なる王国、すなわちモアン（現在のマンスター地方）、ラーハン（現在のレンスター地方）、ウラー（現在のアルスター地方）、コナハトの四王国と、アード・リー〔大王《ハイ・キング》〕が政《まつりごと》をおこなう都タラがある大王領ミー（現在のミース）の五王国に分かれていた。〝アイルランド五王国〟は、アイルランド全土を指すときによく使われる表現。またモアン、ラーハン、ウラー、コナハトの四王国は、大王を宗主に仰ぎ、大王に従属するが、大王位に就くのも、主としてこの四王国の国王であった。

6　ドゥルイド＝古代ケルト社会における、一種の〈智者〉。語源は、〈全き智〉を意味する語であったといわれる。極めて高度の知識を持ち、超自然の神秘にも通じている人とされた。アイルランドにおけるドゥルイドは、預言者、占星術師、詩人、学者、医師、王の顧問官、政の助言者、裁判官、外交官、教育者などとして活躍し、人々に篤く崇敬されていた。しかし、キリスト教が入ってきてからは、異教、邪教のレッテルを貼られ、民話や伝説の中では〝邪悪なる妖術師〟的イメージで扱われがちであるが、本来は〈叡智の人〉である。宗教的儀式を執りおこなうことはあっても、かならずしも宗教や聖職者ではないので、ドゥルイド教、ドゥルイド僧、ドゥルイド神官という表現は、偏ったイメージを印象づけてしまおう。

7 ホラリー・チャート＝ホラリー占星術（日時占星術）において用いられる天宮図。〈質問〉が問いかけられた正確な時刻の星の位置からその答えを導き出す。

8 宮《ハウス》＝天宮を十二分した十二宮のひとつひとつを宮《ハウス》と呼ぶ。宿《しゅく》とも。

9 角《アンギュラー》＝第一・第四・第七・第十宮の総称。アングルとも。

10 〝ヒッポのアウグスティヌス〟＝三五四年〜四三〇年。北アフリカ生まれの聖人。ヒッポの司教。キリスト教の思想と信仰の集大成者。カルタゴで放縦な青年期を過ごすが、三八七（三八六？）年にキリスト教に入信。著書『告白』には、若いアウグスティヌスがいかにキリストの教えに目覚めたかが、感動的に述べられている。人間性の堕落、恩寵の優位、神の摂理の絶対性等を強調して、ペラギウスと真っ向から対立し、ついに彼をキリスト教会から排斥した。

11 ペラギウス＝三五四？〜四二〇？年。四〜五世紀頃、修道士として、ローマで修道院生活の指導や著述にあたっていた神学者。イギリス人とも、アイルランド人ともいわれている。〈原罪〉や〈幼児洗礼〉を否定し、〈自由意志〉を強調して、人は自分の力で救われるのであって、神の恩寵によって救われるのではないと説く。彼の主張する神学は、アウグスティヌスやヒエロニムスに〈異端〉として激しく攻撃され、四一八年のカルタゴ宗教会議で破門された。

12 教皇インノケンティウス一世＝ローマ教皇。在位四〇一～四一七年。

13 ゴール＝古代ローマ帝国の属領。ガリア。フランス、ベルギーの全域から、オランダ南部等にひろがる地域を指す古地名。

14 教皇ゾシムス＝ローマ教皇。在位四一七～四一八年。

15 ローマ皇帝ホノリウス＝西ローマ帝国皇帝。在位三九三～四二三年。

16 殺人罪に問われていたブラザー・ファーガルを……＝短編「まどろみの中の殺人」（『修道女フィデルマの洞察』所収）での事件。

17 バビロン捕囚＝新バビロニア帝国の王ネブカドネザル二世によって捕虜となったユダヤ人がバビロニア地方に強制的に移住させられた事件。

18 コルグー王＝モアン（現在のマンスター地方）王国の王。フィデルマの兄。数代前のモアン国王ファルバ・フランの息子。

19 折り返し《リフレンネーション》＝ふたつの惑星が合《コンジャンクション》に向かうものの、それぞれの動く速度によってじっさいにはそうならない現象。

魚泥棒は誰だ

1 ラズローン＝ダロウの修道院長。フィデルマ兄妹の遠縁にあたる。温厚明朗な魅力的な人物として、しばしば《修道女フィデルマ・シリーズ》に登場する（短編「名馬の死」、「ウルフスタンへの頌歌《カンティクル》」等）。モアン国王であった父ファルバ・フランを幼くして亡くしたフィデルマの後見人であり、彼女の人生の師、よき助言者として描かれている。

2 ダロウ＝アイルランド中央部の古い町。五五六年、聖コルムキルによって設立された修道院で有名。この修道院にあった装飾写本『ダロウの書』は、アイルランドの貴重な古文書で、現在はダブリンのトリニティ大学が所蔵。

3　尊者《ヴエネラブル》＝教皇庁が公認する尊称。福者《ブレッシド》に列せられる前段階になる。

4　フォール川＝アイルランド南東部を流れる、ノア川のアイルランド語名。

5　〝叡智の鮭〟＝コンラの泉のかたわらに九本の〝叡智の木〟、おそらく榛《はしばみ》が生えており、美しい深紅の実〝叡智の木の実〟をつける。その実が泉に落ちると神秘的な深紅の泡が湧き起こり、鮭があらわれてその実を呑みこむ。すると鮭の体に詩と知識が充満《みちみち》て、〝叡智の鮭〟となり、その体側には呑みこんだ実の数だけ深紅の斑点があらわれるという。ある時、**ドゥルイド**のフィネガスがこれを捕らえ、若い弟子のフィンに調理を命じた。だが、焼き串を回しているうちに指に火傷《やけど》をした彼は、その指を舐めた。こうして英雄フィン・マク・クールは、叡智を授かった、とフィン伝説は伝える。また、この泉はシャノン川（あるいはボイン川）の源泉であるといわれており、女人禁制であった。しかし、ある時、シナンという女性（あるいは女神）が禁を犯して〝叡智の木の実〟を盗み出した。すると泉は洪水となってシナンを追跡し、ついに彼女を溺死させた。その水の流れがシャノン川である、との伝説もある。

6　〈選択の年齢〉＝選択権を持つ年齢。成人として認められ、みずからの判断を許される年齢。男子は十七歳、女子は十四歳で、この資格を与えられた。

7〈フェナハスの法〉＝一般には〈ブレホン法〉と呼ばれる。〈ブレホン法〉は、数世紀にわたる実践の中で洗練されながら口承で伝えられ、五世紀に成文化されたと考えられている。しかし固定したものではなく、三年に一度、大王の王都タラにおける祭典の中の大集会で検討され、必要があれば改正された。〈ブレホン法〉は、ヨーロッパの法律の中できわめて重要な文献とされ、十二世紀後半に始まった英国による統治下にあっても、十七世紀までは存続していた。しかし、十八世紀には、最終的に消滅した。現存文書には、刑法を扱う『シャンハス・モール』、民法を扱う『アキルの書』があり、両者とも、『褐色牛の書』に収録されている。

養い親

1〈養育制度《フォスタレッジ》〉＝子どもを信頼する人物に預け、養育して教育も授けてもらう制度。著者は、『幼き子らよ、我がもとへ』の第十一章で、「子供たちは七歳になると、親元を離れて教育を受ける。これはごく普通におこなわれていることである。この慣行は、〈養《フォスタ》育《ーリング》〉と呼ばれており、養父母は養い子たちをその身分にふさわしく育て教育することを求められる。少女は、多くの場合、十四歳で教育を終了するが、時には、フィデルマ自身のように、十七歳まで続けることも可能である。……〈養育〉は、双方の家庭にとって好ましいものとされる慣行であり、法的な契約でもあるのだ。これには、法律上、二種類ある。一つは〈好意の養育〉であり、養育費はいっさい支払われない。もう一つは、実の両親が子供たちの養育費を支払う〈契約による養育〉である。そのいずれであれ、〈養育〉は、社会におけるもっとも主要な子弟教育の手段なのである」と述べている。

2　大王《ハイ・キング》＝アイルランド語ではアード・リー。〝全アイルランドの王〟、あるいは〝アイルランド五王国の王〟とも呼ばれる。古くからあった呼称であるが、強力な勢力を持つようになったのは、二世紀の〝百戦の王コン〟、その子である三世紀のアルト・マク・コン、アルトの子コーマク・マク・アルトの頃。実質的な大王の権力を把握したのは、十一世紀初めの英雄王ブライアン・ボルーとされる。大王は、ミースの王都タラで、政治、軍事、法律等の会議や、文学、音楽、競技などの祭典でもあった国民集会〈タラの祭典〉を主宰した。しかし、この大王制度は、一一七五年、英王ヘンリー二世に屈したロリー・オコナーをもって、終焉を迎えた。

3　モアン＝現在のマンスター地方。モアン王国はアイルランド五王国中最大の王国で、首都はキャシェル。キャシェルについては「みずからの殺害を予言した占星術師」訳註2および3参照。

4　オーガナハト家＝〝キャシェルのオーガナハト〟は、アイルランド四王国のひとつ、モアン王国の王家。フィデルマはその王女という設定になっている。

5 マグ・ラーの戦い＝別名「モイラの戦い」。六三七年夏、大王ドムナル（ドムナル・マク・エイドゥ、ドムナル二世とも。六四二年死去）がウラー王コンガル・ケイハ（在位六二七〜六三七年）と戦った。

6 シェード＝古代アイルランドにおける〝富〟の単位。牧畜国のアイルランドでは、貨幣（金、銀）ではなく、家畜や召使いを〝富〟を計る基準とし、シェードとカマルのふたつの単位を用いていた。一シェードは乳牛一頭（または若い牝牛二頭）に相当する価値（二シェードで乳牛一頭の説も）。一カマルは女召使いひとり、あるいは三シェード、すなわち乳牛三頭（または若い牝牛六頭）ぶんの価《あたい》に相当した（研究者によって若干相違あり）。貨幣もしだいに流通しつつあったが、だいたい、金貨一枚は乳牛一頭（一シェード）、銀貨一枚は一スクラパルで、乳牛の価の二十四分の一とされた。また、土地の広さを測る単位としては、一カマルは一三・八五ヘクタールとなる。

7 賠償＝〈ブレホン法〉の際立った特色のひとつは、古代の各国の刑法の多くが犯罪に対して〝懲罰〟をもって臨むのに対し、〝償い〟をもって解決を求めようとする精神に貫かれている点であろう。各人には、地位、血統、身分、財力などを考慮して社会が評価した〝価値〟、あるいはそれに沿って法が定めた〝価値〟が決まっていて、殺人という重大な犯罪さえも、被害者のこの〈名誉の代価《オナー・プライス》〉を弁償することによって、つまりは

〈血の代償金《ブラッド・マネー》〉を支払うことによって解決されてゆく。この精神や慣行は、神話や英雄譚の中にもしばしば登場している。たとえば、アイルランドの三大哀歌《エレジー》のひとつといわれる『トゥーランの子らの運命』も、有力な神ルーの父を殺害したためにルーから苛酷な弁償を求められたトゥーランの三人の息子たちがたどる悲劇を物語る。

8　**カマル**＝訳註6参照。

9　〈名誉の代価《オナー・プライス》〉＝**ローグ・ニエナッハ**。地位、血統、身分、財力などに応じて、慎重に定められる各個人の価値。被害を与えたり与えられたりした場合など、この〈名誉の代価〉に応じて損害を弁償したり、賠償を求めたりする。

10　**ショウル川**＝アイルランド南東部ウェクスフォードを流れ、大西洋に注ぐ川。

11　**クラン**〈氏族〉＝クランは英語になっている単語だが、語源はゲール語〈アイルランド語〉の〝子ども〟、〝子孫〟を意味する単語。祖先を同じくする親族集団。

12　**ディアン・ケヒト**＝ディアン・ケハト。医術の神。デ・ダナーン神族の中の英邁なる王ヌアダは、フォーモーリ族との戦いにおいて片腕を失い、王位を息子に譲った。王者は、五体満足でなければならない、という掟《おきて》があったのである。そこで、医術の神ディアン・ケヒトは、王に銀の義手をつくった。以後、王は〝銀の腕《かいな》のヌアダ〟と呼ばれるようになった。しかし、その後、父より秀でた医師であった息子のミーアクは、ヌアダのために、血と肉でもって義手をつくった。お蔭でヌアダは、王位に復したのであるが、ディアン・ケヒトは息子を妬み、彼を三度襲い、ついに四度目の襲撃で、殺害してしまった。彼の遺体からさまざまな薬草が生えだした。ミーアクの妹の、やはり医療の神であったエルミッドは、その薬草を集め、それぞれの薬草の薬効を示すために、地面に衣をひろげて、各部位に、それに効果がある薬草を並べた。しかし怒りの収まらないディアン・ケヒトがその衣を振り払ったため、薬草は散乱した。そのために、後の世の人間たちは、薬草の効力を学ぶことができなくなったのだという。

ミーアクは、ヌアダの宮殿の片目を失った門番のために、猫の目を移植して、目を取り戻してやった、という伝説もある。

13 スクラパル＝貨幣単位のひとつ。一スクラパルは、銀貨一枚、あるいは乳牛の二十四分の一頭ぶん。つまり、二十四スクラパルで、乳牛一頭、あるいは金貨一枚ということになる。

14 パブリリウス・シーラス＝紀元前一世紀頃に、ローマ演劇の世界で活躍し、人気を博したマイム俳優、マイム作者。また、広く読まれていたストア哲学的な格言集の著者である、ともいわれている。

15 〈大祭典〉＝フェシュ・タウラッハ、〈タラの祭典〉、〈タラの大集会〉。三年に一度、秋に、タラの丘で開催される大集会。アイルランド全土から人々が集まる、一種の民族大祭典ともいうべき大集会であり、さまざまな催し、市《いち》、宴《うたげ》などが繰り広げられ、人人は大いに楽しむのであるが、おもな目的は、①全土に法律や布告を発布する、②さまざまな年代記や家系譜等を全国民の前で吟味し誤りがあればそれを正す、③国家的な大記録としてそれを収録する、という三つであった（ダグラス・ハイド等）ようだ。

「狼だ！」

1 〈詩人の学問所〉＝七世紀のアイルランドでは、すでにキリスト教が広く信仰されており、修道院の付属学問所などを中心として、新しい信仰とともに入ってきたキリスト教文化やラテン語による新しい学問も、しっかりと根づいていた。だが、古来の〈詩人の学問所〉のような教育制度が伝えたアイルランドの独自の学問も、まだ明確に残っていた。フィデルマも、キルデアの聖ブリジッドの修道院で新しい、つまりキリスト教文化の教育を受け、神学、ヘブライ語、ギリシャ語、ラテン語等の言語や文芸にも通暁しているが、そのいっぽう、古いアイルランド古来の文化伝統の中でも、恩師〝タラのモラン〟の薫陶を受けた〈ブレホン法〉の学者でもある。

2　オー・フィジェンティ＝アイルランド西部の、現リメリック州あたりに勢力を持っていた小王国。モアン王国を形成する小王国のひとつで、モアン王に服従はしているものの、けっして完全には順《まつろ》わぬまま叛逆の機会を狙っている王国内の危険分子的な存在として、《修道女フィデルマ・シリーズ》の中にしばしば登場している。

3　『ドウ・ブレハブ・ガイラ』＝障害者の扶養についての親類縁者の義務に関する判例を記した、断片的に伝わるテキスト。二部からなり、前半は高齢者、盲人、聾唖者、病人の扶養について、後半は精神的障害者の庇護に関して記したもの。（参照：Fergus Kelly, *A Guide to Early Irish Law*）

4　〈歓待の法〉＝古くからアイルランド人は、旅人や客を手厚くもてなしてきた。〝アイリッシュ・ホスピタリティ（アイルランド人のもてなし）〟という表現は、今日でもよく使われている。これは彼らの気質や、善意にみちた社会慣行をあらわしているが、ここに述べられているように、〈ブレホン法〉も、もてなしの内容や義務を法的に明確に定めている。たとえば、一般的な義務として、一家の主や修道院は、見知らぬ貧しい旅人にさえ、もてなしを提供しなければならなかった。宿泊や食事を拒否することは罪とみなされた社会であり、法律であったようだ。

5　アーンニャの丘の戦い＝女神アーンニャは、デ・ダナーン神族の愛と豊穣の女神。クノック・アーンニャ（アーンニャ、あるいはアイニャの丘は、現在のノッカニー）に、彼女の砦があったとされる。十九世紀まで、聖ヨハネ祭（夏至祭）の前夜、人々は乾し草や藁に火を灯してアーンニャの丘に登り、疫病退散や豊穣を彼女に祈願した。アーンニャの丘の戦いは、六六六年に、モアン王コルグーに叛旗を翻したオー・フィジェンティ小王国とコルグーの軍勢が激突した戦役。

6　フレシュナヘド＝三年間の勉学で授けられる法律家としての資格。

法定推定相続人

1　イー・リアハーン小王国＝アイルランド南部（現マンスター）の小王国のひとつ。オー・フィジェンティ小王国と同家系。

2　ラー〔城塞〕＝土塁、防塁。建物の周囲に土や石で築かれた円形の防壁、あるいはその中の建物なども含めた砦全体。規模は大小さまざま。

3　モラン師＝ブレホンの最高位のオラヴの資格を持つ、フィデルマの恩師。

4　キケロ＝古代ローマの政治家、弁論家、哲学者。

5　デルフィネ＝デルフィニャ。血縁で繋がれた集団やその構成員。デルヴは、〝真の〟、〝血の繋がった〟などを意味し、フィネ（フィニャ）は〝家族集団〟を意味する。男系の三世代（あるいは、四世代、五世代、などと言及されることもある）にわたる、〈自由民〉である全血縁者。

6　『カイン・ラーナムナ〔婚姻に関する定め〕』＝カインは、〝法律、処罰〟、ラーナムナは〝結婚やその他の男女の結びつき〟を意味する語。男女同等の立場での結婚、妻（夫）問い婚、略奪婚、秘密婚等、男女の結びつき（結婚）を九種類にわたって論じたもの。さらには、第二夫人や側室の権利、離婚の条件や手続き、暴行に関する処罰までも、詳論されているようだ（『アイルランドの古代法』）。

7　ダヴェド王国＝ウェールズ南西部の旧王国。

8　クライデンベル＝デ・ダナーン神族の諷刺詩人。豊穣の神ダグザにもてなしを強要したために、ダグザの息子オェングスの策略により、食事に三枚の金貨を交ぜられて殺された、とされる。

9　『後ブレハ・ネメド』〔『詩人等に関する法律』〕＝『ブレハ・ネメド』は、主として、詩人をはじめ専門職にある者や地位を持った人々に関する事項を論じているが、その他さまざまな法律問題にも触れている。女性への性的嫌がらせやそれに対する罰則なども、この法典に具体的に記載されている。

『ブレハ・ネメド』には『前ブレハ・ネメド』と『後ブレハ・ネメド』があり、『後ブレハ・ネメド』はそのうち後期にまとめられたものをいう。

解説

石井千湖

七年前にアイリッシュ・ダンスの公演を観に行ったことがある。上半身をほとんど動かさない踊り方と響き渡るステップの音が鮮烈だった。その起源は、十六世紀以降のイングランドの支配によって、かつてアイルランドの伝統文化の営みが一切禁じられていたことにあるという。家の中で親から子へ、ひそかにステップを踏んで、伝統的な音楽のリズムを伝えたのだ。アイルランドの人々の歩んできた歴史と不屈の精神が芸術に昇華されている。《修道女フィデルマ・シリーズ》の独自性を支えているのも、アイルランドの歴史とフィデルマの精神の在り方ではないだろうか。

物語の主な舞台は七世紀のアイルランド。四世紀から五世紀初めにかけてキリスト教が到来し、ローマ字が用いられるようになって、後世には「聖者と学徒の島」と呼ばれるほどの文化が花開いた時代だ。

主人公のフィデルマは、アイルランド五王国の中で最大の勢力を誇ったモアン王国（現在のマンスター地方）の王女であり、ドーリィー〈法廷弁護士〉。お姫様が法律家で名探偵でもあるという一見突拍子もない設定なのに嘘くさくないのは、著名なケルト学者でもあるピーター・トレメインが史実をもとに緻密に創り上げた世界だからだろう。

古代アイルランドの先進的な側面が、小説を読んでいるとわかるのだ。

例えば長編第一作『死をもちて赦されん』でフィデルマは〈私には、サクソンの相続法が理解できませんわ。彼らは、私どもアイルランド人のように、身内の中のもっとも優れた者を自由に選出することはせず、長男を相続者として認めるのだと、聞いています〉と言う。当時のアイルランドは氏族社会だが家父長制ではなく、族長は民主的な手続きによって選ばれていた。

また長編第二作『サクソンの司教冠《ミトラ》』には、ローマの司教ゲラシウスがフィデルマの職業を知って驚く場面がある。

「では、アイルランドの王たちは、法廷に女性《にょしょう》が弁護士として立つことを認めている、と申すのか？」

フィデルマ修道女は、無造作に肩をすくめた。

「私どもアイルランド人の間では、国王から戦場における指揮官にいたるまで、あらゆる公的地位に、女性も男性と同等に就くことができます。偉大なる女性戦士であった女王〝赤い髪のマハ〟の名など、人々によく知られております。でもローマでは、女性は男性と同等なる者とは見做されていない、と伺っておりますが」

「いかにも、その通りじゃ」とゲラシウスは、語気も荒く、それに答えた。

「ローマの女性は、社会に貢献する専門職の地位に就くことはできないのでしょうか？」

「無論、できぬ」

「では、人口の半分を占める人々の才能を生かすことを、拒否しておられるわけですね。奇妙な社会ですわ」


古い時代の話を読んでいると女性差別的な描写に引っかかることがしばしばあるけれども、フィデルマの言う古代アイルランドの考え方は今の価値観に近い。遠い昔の外国の話ならではの物珍しさと、共感できる部分、両方あるから引き込まれるのである。ちなみに前述した二作はフィデルマが異国に行ったときの話で、アイルランドで起こる出来事を描いているのは長編第三作『幼き子らよ、我がもとへ』以降だ。

フィデルマはいわゆる実家が太い上に頭脳明晰で、長編第五作『蜘蛛《くも》の巣』によれば〈人の心を惹きつけずにはおかぬ美貌の尼僧〉。完璧すぎてとっつきづらいと感じるかもしれない。しかし、彼女の素晴らしさの本質は、家柄や知力や容姿ではなく、事件に直面したときのふるまいにある。

日本オリジナル短編集はどれから読んでもシリーズの入門書として適しているが、本書『修道女フィデルマの采配《さいはい》』は、フィデルマらしさがよくあらわれた一冊になっている。
※以下、物語の核心に触れる部分がありますので、本編のあとにお読みください。

収録作五編の中でも「みずからの殺害を予言した占星術師」は秀逸だ。

自分の殺害を占星術で予言した修道士が、湖のほとりにある木の桟橋の下で遺体となって発見された。溺死であることは明らかだったが、頭部には痣《あざ》と切り傷があった。修道士の予言によって殺人犯として名指しされていたのは、占星術に批判的な修道院長。古代アイルランドにおいて占星術は医学と表裏一体のものとして用いられることもある科学だった。ブレホン〈裁判官〉は死んだ修道士の予言を信じ、〈まったくもって単純明快な事件だ〉と断じてしまう。

修道院長の弁護を依頼されたフィデルマは、まず天宮図が正確に判読されているかどうか専門家の鑑定を求める。次に、その天宮図が間違いなく死んだ修道士の手によって作成されたものだと立証する必要があると主張する。証拠について充分検討することのないまま判決を下そうとしたブレホンを見返して〈緑の瞳にちらちらと怒りの炎〉を燃やす。

関係者に聞き取りを進めていくと、フィデルマの苛立ちはさらに募っていく。みずからの死を予言した修道士やその仲間たち、そして法を行使するブレホンまで〈運命には誰も逆らえぬ〉と思っていたからだ。

〈この修道院のかたがたは誰もかれも宿命に取り憑かれているようですのね。自由意志の持ち主はひとりもいらっしゃらないのかしら?〉というセリフがある。〈自由意志〉はフィデルマの魅力を読み解くキーワードだ。

修道士の一人がアウグスティヌスの『神の国』を引き合いにだして〈われわれの運命はこの世に生まれ落ちる前から決められているのです」と抗弁すると、フィデルマはこう答える。

「いいえ。わが国の偉大なる神学者ペラギウスは、著書『デ・リベロ・アルビトリオ』——『自由意志において』——の中でこう論じていたのではありませんでしたか? 〝運命をたやすく受け入れることは人間の進歩を損なうものである〟と。私たちがものごとを知らされるのは選択するためであり、すわりこんだままただ手をこまぬいているためではありません。アウグスティヌスの言葉に従い、なにも行動せぬままでいれば、人類のあらゆる道徳律を危険に晒すこととなります。私たちはみずからを救済するために、まずは最初の一歩を踏み出さねばならないのです。その行動がよきものであろうと悪しきものであろうと、私たち自身がそれぞれの行動に責任を持たなければ、私たちはただ罪という沼に沈んでいくだけです」

人間に自由意志があるかどうかは、現代の哲学や科学でも論じられている問題だ。自由意志の存在を信じるフィデルマにとって、法律はより善い選択をするために不可欠なものなのだ。

だから、あとの四つの事件でも注意深く公平に采配する。「養い親」の場合は、真相にかぎりなく近づきながら証拠不充分のため犯人を告発できない。逆に証拠があれば犯人が誰であろうと見逃さないことが「法定推定相続人」を読めばわかる。どちらも結末は苦いが、フィデルマのブレない姿勢がかっこいい。一方「魚泥棒は誰だ」は、容疑者たちを厳しく訊問していたフィデルマの最後のセリフに和む。

本書の中で一番の名采配を選ぶとすれば「狼だ!」。虚偽の訴えをした疑いのある農夫の牧場に行き、乳を搾《しぼ》ってもらえていない牝牛が苦しげに鳴いている様子を見るくだりだ。同行した武人に〈中を調べますか、姫様?〉と問いかけられ、フィデルマは〈私たちがまずせねばならないのは、あの哀れな牛たちを救ってやることです〉と返す。二人は乳搾りをすませてから牧場を調べる。ささやかな場面だが、好感を抱かずにはいられない。

カタブツだけれど、その真面目さが人間味になっている。フィデルマに惹かれたら、ぜひシリーズの他の作品も手にとってほしい。

検印
廃止

訳者紹介　1969年生まれ。上智大学大学院文学研究科英米文学専攻博士前期課程修了。訳書にトレメイン「憐れみをなす者」、ウォルトン「アンヌウヴンの貴公子」、ジョーンズ「詩人《うたびと》たちの旅」「聖なる島々へ」などがある。

修道女フィデルマの采配《さいはい》
——修道女フィデルマ短編集——

2022年2月10日　初版

著者　ピーター・トレメイン

訳者　田《た》村《むら》美《み》佐《さ》子《こ》

発行所　(株)東京創元社
代表者　渋谷健太郎

162-0814/東京都新宿区新小川町1-5
電話　03・3268・8231-営業部
03・3268・8204-編集部
URL　http://www.tsogen.co.jp
工友会印刷・本間製本

ISBN978-4-488-21825-6　C0197